Ressaca

Ottessa Moshfegh

Ressaca

tradução
Fernanda Abreu

todavia

Os moços nasciam com facas no cérebro.

Ralph Waldo Emerson,
Life and Letters in New England (1867)

Zanzibar 9

Oceano Índico 14

Porto de Macquarie, Tasmânia 17

Pacífico Sul, um mês depois 22

Pacífico Sul 24

Mar do Norte, ao sul de Long Fourties 28

Baía da Biscaia 29

Atlântico Sul 34

New York, New York 40

Lima 44

Tierra del Fuego 46

Salem 49

San Juan 52

Salem 53

Howard Street 56

Howard Street 78

Essex Street, Prefeitura 87

Howard Street, outra vez 89

Taiti 99

Howard Street 108

Port David 111

Salem 114

Agradecimentos 125

Zanzibar

Acordo.

A frente da minha camisa está toda dura e parecendo um babador marrom. Suponho que seja sangue seco e que eu esteja morto. O ar marinho me convence a duvidar, a virar a cabeça uma segunda e terceira vez em direção a meus pés. Meus pés estão no chão. Talvez eu tenha caído de cara na lama. Seja como for, ainda estou bêbado demais para me importar.

"McGlue!"

Uma voz irada vem da direção da luz do sol, junto com velas sendo içadas, rangidos de madeira e de cordame apertado. Sinto um espasmo na barriga. Na cabeça. Na primavera passada mesmo, quebrei a cabeça pulando de um trem — disso eu me lembro. Torno a cair ajoelhado.

Mais uma vez: "McGlue!".

Esse McGlue. Soa conhecido.

A mão de alguém segura minha camisa e me cutuca nas costas, guiando-me até a passarela na qual eu subo, conseguindo não sei como andar. O navio está partindo. Vomito e me seguro na lateral da popa e passo um tempo arrotando bile enquanto observo a água passar depressa, até a terra firme sumir de vista. Depois disso fico um tempinho em paz. Então algo dentro de mim sente vontade de morrer. Viro a cabeça e tusso. Dois dentes pulam da minha boca e saem chacoalhando pelo convés como dados.

Por fim, sou posto numa cama debaixo do convés. Vasculho os bolsos à procura de uma garrafa e encontro uma.

"McGlue", diz o taifeiro, a bicha, "passe essa merda pra cá."

Tomo uma golada. Um pouco escorre por meu pescoço e molha meu colarinho manchado. Deixo a garrafa vazia cair no chão.

"Você está sangrando", diz o viado.

"Estou mesmo", digo, afastando a mão do pescoço. É um sangue escuro com travo de rum, que eu levo à boca. Penso: deve ser meu. Penso no uso que ele pode ter se eu ficar com sede mais tarde. O viado parece preocupado. Não me importo de ele desabotoar minha camisa, e nem sequer afasto suas mãos quando ele vira meu pescoço primeiro para um lado e depois para o outro. Estou cansado demais. Hora da inspeção. Ele diz não ter encontrado em mim nenhum furo digno de nota. "Ha, ha", digo-lhe eu. O rosto do viado exibe um estranho sorriso de ironia, e ele parece um pouco amedrontado e fica ali parado ao meu lado, os cabelos ruivos cuidadosamente enfiados num gorro de lã, uma gota de suor equilibrada na pontinha do lábio superior logo abaixo do pequeno nariz. Ele me encara nos olhos com um certo medo, diria eu.

"Nada de tocar", digo, puxando o cobertor. É um cobertor listrado de cinza e vermelho com cheiro de leite de cabra. Seguro-o na frente do rosto enquanto Viado faz o que precisa fazer. É bom aqui debaixo do cobertor. Meu hálito se condensa no escuro. Está tão escuro que eu poderia quase dormir.

Minha mente viaja pelas colinas frias do Peru, onde certa noite me perdi. Uma mulher gorda me deu leite do seu peito, e desci até o mar pela beira de um rio montado num cão desgrenhado. Johnson estava lá à espera com o capitão. Foi uma encrenca. Agora aquecido pelo rum, eu fecho os olhos.

"O que você fez?", pergunta o capitão na próxima vez em que os abro. O cobertor é arrancado como um chicote. Saunders tira meus sapatos. Ouço o navio ranger. Alguém desce o corredor tocando uma sineta para o jantar. O capitão fica ali parado ao lado da cama. "Queremos ouvir você dizer", diz o capitão. Sinto enjoo e cansaço. Torno a adormecer.

Estão mexendo a boca. Saunders e o viado parados junto à porta. O viado segurando uma garrafa, Saunders balançando um molho de chaves.

"Me dá." Minha voz falha. Consigo respirar, ouvir. Ele me passa a garrafa.

"Você matou Johnson", diz Saunders.

Bebo uma boa metade da garrafa e endireito o pescoço, ajeitando os ombros para trás. Sinto o maxilar relaxar e olho para baixo, lembrando-me do sangue. Minha camisa sumiu.

"Cadê minha camisa."

"Matou mesmo?", pergunta o viado. "O oficial Pratt diz ter visto você. Bêbado no bar de Stone Town. Depois saindo correndo para as docas logo antes de ser encontrado no beco."

"Caramba, que frio. Estava fora de mim até beber este uísque, obrigado, viado", digo. Bebo.

"Encontraram ele morto, esfaqueado no coração, cara", diz Saunders, apertando as chaves na mão, franzindo as sobrancelhas.

"Quem está bêbado, Saunders? Chega dessa conversa. Está me deixando aflito. Tem comida?" O viado pega a garrafa vazia onde eu a larguei sobre o cobertor. Tenho a sensação de estar sonhando. "Cadê suas sardas, Puck? Vamos trocar de lugar."

Eles não estão mais falando comigo.

"Comida, cara. Merda." Estou totalmente acordado agora. Numa olhada só abarco o local: armários, paredes de madeira pintadas de cinza, ganchos de metal, algumas roupas de marinheiro penduradas, um espelho cinza em formato de escudo. A luz do sol entra como uma névoa, em bloco, salpicada de pó branco. As sombras dos homens no convés se movem nas paredes pelas pequenas janelas retangulares situadas bem alto acima da minha cama. Uma cama vazia de cada lado. Rangidos e estalos de navio e de mar. Estou louco por cerveja e por uma canção. Isto aqui é o meu lar: eu bem no centro da embarcação à deriva, querendo, a caminho de algum lugar.

Saunders e Viado trocam palavras e saem, e ouço Saunders trancar a porta e protesto: "Volte aqui e sorria, Saunders. Me dê logo a comida, o que está acontecendo?", e nada acontece.

Não é a primeira vez que sou posto no porão nesta viagem. Quando eu melhorar vão me obrigar a acionar a bomba do poço todos os dias de manhã e a remendar velas feito uma criada velha. Penso na minha mãe como sempre a imagino diante da roca através das janelas pregadas com tábuas da fábrica, eu, um menininho na ponta dos pés, içando com os dedos os olhos um pouco acima do horizonte do peitoril da janela para ver minha mãe trabalhar com as costas vergadas, austera e de nariz empinado, e vendo-a novamente à noite sentada diante da mesa em nossa casinha, chamando a mim e a meu irmão de "bons meninos", empurrando migalhas, contando moedas e tossindo, minhas irmãs já na cama, os cabelos claros da minha mãe libertos da touca, escorridos nas costas. Todas as estrelas lá fora simplesmente paradas. O frio enxágue da noite de Salem após o calor do dia inteiro. Eu atiraria uma pedra numa janela se pudesse, se tivesse uma pedra. Saunders disse que Johnson estava em mau estado? Vou me levantar e cuidar disso.

Levanto-me. Minha cabeça gira e eu nada vejo, então vejo estrelas. Saunders chamou Johnson de morto, eu acho. Volto a cair na cama, às cegas. Saunders vai voltar com Johnson e dar risada. Até lá vou suportar minhas dúvidas em meio às punhaladas, às ondas de dor dentro do meu crânio. O mais provável é eu ficar cochilando, depois acordar com pão, manteiga, feijão quente e uísque, e então será noite e estaremos a meio caminho da China, e eles dirão: "Para o poço, McGlue", como depois da minha última vez. Tento me lembrar do porto em que fiquei tão molhado.

Zanzibar.

Pense num lugar ao qual gostaria de ir.

Voltei a conseguir enxergar. Seguro as pálpebras entre os dedos para mantê-las abertas e dou um passo bambo em direção ao espelho. Chego um pouco mais perto e cambaleio. Há uma corda amarrada no meu tornozelo e presa à estrutura da cama.

Chamo por alguém e fico enjoado ao escutar minha voz. Volte a deitar na cama, McGlue. Sim, obrigado. As estrelas aparecem. Procuro a lua mas ela foge de mim. Não consigo encontrar nem medir meu caminho. À deriva, à deriva. É só eu fechar os olhos que chegarei lá.

Durmo mais um pouco.

Oceano Índico

Acordo com febre. Sei que é febre porque em cima da minha testa tem um trapo molhado e dobrado. O viado está sentado à minha cabeceira com um livro no colo e uma das pernas balançando num joelho que tem o mesmo formato de uma pequena maçã. Meus braços estão amarrados nas coxas, os ouvidos tapados, o rosto envolto em ataduras e água pinga das rachaduras no teto do convés, e quando respiro sinto um cheiro forte de lixívia e de merda. Sobre a mesa pivotante há um vidro aberto de repolho em conserva e um naco de pão. Olho para cima. As gotas de água do convés caem nos meus olhos e ardem. Viado está segurando um pedaço de madeira clara e tem um braço suspenso acima da minha cabeça num gesto quase maternal.

Abro a boca para praguejar.

Mas Viado enfia o pedaço de madeira de comprido entre meus dentes. Eu me chacoalho um pouco.

"É só o que você vai ter, McGlue", diz Viado segurando meu pescoço contra a cama.

Estou com sede, então o encaro nos olhos da melhor maneira que sou capaz.

"Não podemos dar mais, então nem adianta pedir", é a resposta dele.

Ele pensa ter alguma vantagem sobre mim. Eu o deixo ficar com ela e me chacoalho mais um pouco. Com dificuldade, uso a língua para sentir o gosto do céu da minha boca e distingo maresia e merda. Não é bom. Eu gostaria de algo doce agora. Lembro de um pequeno entreposto em Bornéu que vendia vinho feito a partir de mel. Isso sim era bom. As garotas de lá viviam se abanando com pratos de prata, os peitos e mamilos empinados acima de coletes de cota de malha bem justos. Os quadris dessas garotas, estreitos como de meninos, marcavam um ritmo firme entre minhas mãos quando eu assim o queria, como se elas de alguma forma estivessem dentro da minha cabeça, escutando. Eu me sentava na sombra e as levava para a estrada para dançar quando refrescava e eu sentia vontade de dançar. Johnson também. Ele então disse: "Fique aqui atrás, cuidado com o gordo, grite 'porco' se o vir chegando", e puxou uma das garotas para trás da cortina da selva enquanto eu continuava dançando com as mãos nos quadris delas, e quando o gordo apareceu eu simplesmente saquei a pistola da bota e dei um tiro na direção das estrelas. As garotas adoraram, gritaram e saíram correndo, depois riram e saíram de trás das folhas escuras de palmeira tapando a boca com as mãos. Segurando a barriga, o gordo acena com a cabeça para a garrafa cheia em cima do banquinho que eles usavam como mesa. Esqueça Johnson, aquele rato aflito e cheio de vergonha. Eu me sento, bebo, fico olhando o céu. Uma garota aparece, me pega pela mão e dançamos mais um pouco. Johnson torna a aparecer.

"Mas já, velho?", brado ao vê-lo voltar para a estrada, sua garota encolhida no escuro, a cota de malha acesa sob o luar. Sempre com uma garota. Quando zarpamos ele derrama uma lágrima por ela, ou pelo que fez. Sempre uma lágrima. Eu rio. "Por que não ficar um pouco", costumava dizer, "formar uma bela família, aprender o idioma?", e ele se retirava e ressurgia horas depois, todo calmo e focado, falando com o capitão sobre as vantagens dos veleiros em relação às chalupas e perguntando como ele tinha entrado na briga e assim por diante, com os olhos a brilhar. Isso me dava náuseas. Vejo as garotas agora enfileiradas na praia se despedindo com acenos, imagino-as em pé ao longo da rachadura no teto deste recinto cada vez mais escuro, os olhos cintilantes feito gotas d'água, e torno a chacoalhar.

Bebida, por favor.

Já senti esse mesmo enjoo antes.

"Merda", tento dizer, mas o pedaço de madeira está prendendo minha língua outra vez. Olho para Viado. Ele tem os olhos pregados no próprio colo, lendo versos.

Se Viado não quiser me dar rum, pelo menos que me deixe sugar o caldo salgado daquele repolho, penso. Apoio-me do lado direito do corpo, planejando alguma coisa. Viado se levanta e crava o cotovelo no vão da minha cintura. Cuspo o pedaço de madeira no chão. Sangue me escorre da boca.

"Feliz agora, viado?", digo, chupando o sangue para dentro da boca. Minha voz faz minha cabeça doer. Minha cabeça, pareço recordar, está com uma grande rachadura.

"Podia ter sido pior, McGlue. A próxima parada é o Mac Harbour, onde o certo seria pôr você direto lá com o resto dos condenados."

"Fiquem à vontade", digo, e torno a bater com a cabeça na cama. O efeito é bom: um gosto pronunciado de sangue no fundo da garganta, e por algum tempo vejo tudo preto, depois branco. Volto a dormir.

Porto de Macquarie, Tasmânia

Estamos atracados e a maioria dos marinheiros está em terra, mas os negrinhos trancados na cabine ao lado estão roncando. Então ouço um despejar de algo dentro de uma caneca. Estou acordado. Esfrego os pulsos com força no quadril e solto as cordas, levanto-me, arrasto o pé da minha cama até a parede e inspiro fundo. Vejo um cantil em cima da mesa pivotante. Então arrasto a cama nessa direção e o agarro e bebo até esvaziá-lo. Somente água. Ela desce gelando minhas entranhas, o contrário de urina sobre neve, e eu dobro o corpo para a frente e praguejo, minhas primeiras palavras em dias. Os pretos resmungam. Então arrasto a cama outra vez até a parede e subo nela para olhar o convés pela janela alta. Há azul por toda parte. O céu é azul. As nuvens são azuis. O mar é azul. O zigue-zague vagaroso de uma gaivota oscila diante dos meus olhos de tal forma que eles começam a lacrimejar. Estarei chorando? Se este lado do navio estivesse virado para a terra firme acho que vomitaria de tanta vontade. Em qualquer outro dia estaria comprando uma latinha de fumo, passando depressa um pouco nas gengivas, depois pondo mais um pouco num cachimbo, estreitando os olhos, batendo no peito, gritando com Johnson para ele andar logo. Descobriria quantas horas faltavam para o navio estar carregado. Nós iríamos até a cidade ver o que tem lá para trazer para cá. Um país cheio de assassinos e ladrões deve ter coisa boa, penso eu. Vinho tinto, penso eu. Uísque de quiabo. Algum tipo de rapé forte feito com plantas ruins usado para tratar melancolia no porão. Carnes na brasa. Tortas recheadas de ameixas doces, ratos, conhaque. Posso apostar que sei o que os marujos estariam dizendo. Mulheres sujas com xoxotas-prensas por toda parte. Estou morrendo de fome.

"Estou morrendo de fome!", grito para o mar lá fora.

Disseram que eu fiz alguma coisa errada? Johnson deve estar com raiva e não quer descer para resolver as coisas. Ainda não. E simplesmente me largaram aqui embaixo para morrer de fome. Além disso não bebo nenhuma gota há dias. Eles vão ver essa inanição e ficar tão consternados que cairão aos meus pés me dando pãezinhos quentes cobertos com manteiga fresca e implorando meu perdão. Todos eles: Johnson, Pratt, o capitão, Saunders, o viado, o mundo inteiro, um por um. Como um padre bondoso, afagarei suas cabeças e aquiescerei. Mergulharei meu crânio num barril de gim.

Fico feliz ao imaginar minha mão na cabeça abaixada de Johnson, os cabelos pretos reluzindo por entre meus dedos. Eu os giraria nos dedos como uma menininha fazendo tranças, beliscaria suas bochechas, deixaria um pouco da minha baba de homem famélico pingar no seu rosto, soltaria minha voz rouca: "Johnny, um brinde", eu diria. Duas canecas de cerveja para cima e goela abaixo, e as barbas de nossos marujos cobertas de saliva com espuma. Era assim em Salem, nas noites em que ficávamos esperando para sair do porto. O rubro da face de Johnson desabrocha como flores toda vez que ele engole, então torna a se apagar quando fala. Seus cabelos, pretos e lustrosos feito piche quente, nunca esvoaçam nem se soltam de onde estão, por mais que haja vento ou chuva. "Bonito", dizem. "Mecha de Sabão", era como ele me chamava, por causa de como eu usava os cabelos quando nos conhecemos: tão compridos na frente que os ajeitava atrás das orelhas e eles ficavam no lugar. Diz ter me tomado por um menino de uns quinze anos na noite em que me encontrou e se considerado um verdadeiro herói.

Sou obrigado a rir. Na primeira vez em que vi Johnson pensei que ele fosse um daqueles babacas bobos de quem se ouve falar, que se metem com crianças no mato por alguns centavos a chupada ou sei lá eu. Conheço bem esses tipos.

"Acha que rum vai impedi-lo de congelar à noite?", tinha dito ele.

Eu estava com meu chapéu por cima do rosto, a garrafa entre os joelhos, lentamente cavando um assento na neve derretida pelo meu traseiro, recostado numa árvore, morto de cansaço. Johnson estava montado num cavalo.

"Vá andando", falei. Bobo ou não, pouco me importava. Àquela altura eu já estava na bebedeira fazia alguns dias, e me encontrava em algum ponto entre New Haven e Orange. Nunca mais ia voltar para casa. Dava para ver a praia coberta de gelo por entre as árvores banhadas de luar. Eu tinha outra garrafa cheia no bolso do sobretudo, de meio litro, e ainda me restava algum dinheiro. Eu estava bem. Foi isso que pensei.

Só que Johnson não quis ir andando. Sua égua empinou e ele puxou as rédeas e a fez voltar, tanto a sua respiração quanto o resfolegar do animal saindo vaporosos qual espíritos fantasmagóricos abandonando o corpo, como o poema assustador de alguma criança. Tentei rir, mas meu rosto tinha congelado. Disso eu me lembro.

"Você vai morrer aqui", disse Johnson. "Deixe eu levá-lo até a cidade."

"Vá se foder", eu disse. Ele agiu como se não tivesse escutado e fez a égua dar mais algumas voltas.

"Puck, você disse?", fez ele. Tomei um gole de bebida. "Um garoto que leu Shakespeare vem passar a noite no gelo. Que meigo..." Ele deu um tapa na anca da égua. "Suba aqui, Nicky Bottom."

Ele agia como se fosse viado mas não se parecia com um. Uma brincadeira, pensei. Estava gozando da minha cara, algo que eu esperava que fizesse. Abaixou-se e levou a mão até bem perto do meu rosto para eu segurar. Perguntou de onde eu era, e quando respondi "Salem", ele riu.

"Nasci lá", falou, me erguendo.

Eu àquela altura já tinha sido bastante maltratado pela vida, devia estar com uns vinte e dois, vinte e três anos, acho eu, e sabia que tinha tendência a me desligar nos momentos mais lamentáveis. Eu estava condenado. Havia me acostumado com isso mais do que tudo. Por algum motivo, porém, aceitei: montei na égua, segurei a correia da sela onde foi possível, e saímos cavalgando. Devia estar tão frio no lombo daquela égua quanto quando eu estava sentado na neve. Mas talvez ele tivesse razão, aquele Johnson. Talvez ele tenha mesmo salvado a minha vida.

Seguimos rumo ao sul e passamos a noite inteira cavalgando, pelo que me lembro. Segundo Johnson, perto de Stratford eu apoiei a cabeça no ombro dele e ronquei. Acordei, possivelmente dias depois, em Mamaroneck durante a tarde, com a cabeça em cima de uma toalha de mesa branca limpa e sentindo cheiro de peixe frito.

Johnson estava em pé junto ao fogão, de costas para mim e com o braço ao redor de uma moça. A moça trouxe um prato até a mesa. Era um peixe frito marrom. "Nosso Nick não vai comer isso, irmã", falou ele. "Dê-lhe batatas. Acho que essa é a única coisa que ele aguenta comer por enquanto, não é?"

Aquiesci.

Johnson se aproximou, sentou-se e comeu o peixe com um garfo de prata e uma das mãos no colo.

"McGlue", disse a ele.

Ele tornou a me estender a mão.

Viado destranca a porta horas depois. Lá fora ficou cinza, começo de noite. Ele está usando um suéter verde engraçado. Deixa um caixote de laranjas em cima da mesa pivotante, então se aproxima e fica parado ao meu lado. Uno as mãos.

"O capitão disse para lhe dar comida. Tem umas laranjas aqui. Mais tarde mando descer um prato. E um pouco de cerveja, eu acho. Mas o capitão disse: nada mais de rum. Você está com um baita buraco na cabeça, McGlue."

Toco a rachadura com o dedo. Meus ouvidos zumbem. Desperto mais um pouco, é como um dia brilhante e ensolarado sem lugar nenhum para onde ir. Vou precisar de mais rum ainda, penso.

"Se tiver que fazer as necessidades, faça aqui", diz ele, voltando a sair para o corredor e trazendo um grande balde de latão. Deposita-o com cuidado ao lado da cama.

"Muito obrigado, viado", digo. "Me jogue uma laranja."

Ele escolhe uma e a lança suavemente dentro das palmas abertas das minhas mãos. Que viado bonzinho, penso. Bom menino, penso enquanto o observo sair e trancar a porta. Furo a casca porosa da laranja com a unha grossa e amarelada do polegar. O aroma faz os pelos do meu nariz se eriçarem e meus olhos lacrimejarem. Inspiro profundamente. Minha cabeça se enche com o jato azedo, aliviando uma coceira lá no fundo do meu cérebro. É bom. Dou uma mordida, com casca e tudo. Não é bom. Eis-me agora: vomitando fruta dentro de um balde já cheio até a metade de urina enegrecida e merda.

Torno a me deitar e fecho os olhos. Em breve vai haver comida quente. Pensar isso faz meu estômago se revirar. Eu preferiria uma caneca de cerveja. Vou dormir até lá, e pensar em Xangai. Na praça tantas vezes varrida e esfregada. No grande relógio. Na pele perfeita da garota. Sem qualquer variação. Seria possível pintá-la usando três cores: amarelo, preto e vermelho.

Viado me acorda no escuro com um prato de purê de batatas frio e enfia um garfo na minha mão. "Nada de cerveja", diz ele. "Ordens do capitão." Ainda recordando apenas meu nome, o homem que sou, sento-me na cama e como da melhor maneira que sou capaz.

Pacífico Sul, um mês depois

Venho estudando um almanaque tasmaniano de Walch, decorando páginas, para não deixar o músculo da mente amolecer como meus braços e pernas amoleceram depois de quase um mês, calculo eu, deitado aqui, preso. Às vezes quando olho para baixo uma parte menos pensante de mim ergue os olhos para as formas e curvas da minha carne e dos meus ossos que passaram a ter uma espécie de maleabilidade pálida e bonita, como uma jovem camponesa no inverno. Ergo os lençóis e fico olhando, olhando. Bem, é um jogo bom de se jogar quando estou entediado demais para pensar. Minha mente vagueia vendo-os subir e descer. Se me dão comida pela manhã e se não está muito frio, tendo a gastar o tempo em voz alta, cantando as canções que aprendi na escola, conversando com um Johnson invisível, dando uma ou duas risadas, desopilando um pouco a alma. Pedi a Saunders e Viado para me conseguirem algumas distrações. "Me deixem passear pelo navio. Acham que vou fugir nadando?", digo. Eles me dizem que eu deveria me dar por satisfeito com o que tenho para ler: quatro letras em relevo na garrafa de vidro azul de Ó-L-E-O. Eles não sabem do almanaque. Continuam dizendo que eu matei Johnson.

Sem Johnson por perto para cuidar de mim e com todos esses marujos me tomando por assassino, sinto falta do rum. Estou começando a ouvir o que eles dizem que fiz. Viado diz que seria melhor eu ficar deitado quieto aqui e rezar. Digo que estou com sede. Dobro o cobertor para baixo e levanto minha ceroula.

"Ei, Viado", digo. "Se eu estivesse com sede, você pagaria por isto?"

Vejo os olhos dele se moverem, os do viado.

"Você está fedendo feito a bunda de um cavalo morto, McGlue." Seu muxoxo de desdém é tão arrogante que eu rio.

Baixo os olhos para as lindas colinas e vales de alabastro do meu corpo, rabiscados de cachinhos castanho-claros que descem rumo a um emaranhado infernal escuro, úmido e inebriante. Uma caneca alta de vinho do Porto iria bem. Eu lhe daria um beijo, penso. Ele dá a conhecer sua presença, desperta no escuro lá embaixo.

"Olá", digo-lhe eu. Ele se levanta.

Viado observa.

"Então, o viado não quer saber de você", digo, e lambo a mão.

"Viado", digo, baixando a mão até lá, "fique comigo."

Ele vê muito bem o jogo que estou jogando. E fica.

Nessa noite ele me traz uma barrica de cerveja.

Na manhã seguinte uma garrafa de álcool do bom.

Fico bem outra vez. Paro de ler tanto o almanaque. O inferno se mantém escondido na vala e meus olhos se mantêm secos.

Pacífico Sul

O capitão entra. Está usando um chapéu de feltro novo, negro como piche.

"Como vai, McGlue? Disposto a confessar hoje?"

"Não fui eu", digo.

"E você não se lembra."

"Lembrança nenhuma."

"Me mostre as mãos", diz ele, e eu as estendo na sua direção da melhor maneira que consigo. Elas oscilam e se movem de um lado para outro. Ele imobiliza uma entre suas duas palmas cálidas. Então a estapeia, com força. Um menino malcriado. Eu não rio.

"Mandaram avisar sua mãe, McGlue. Você vai ser julgado em Salem, muito provavelmente por homicídio doloso. Ou culposo. O que for mais grave, se quiser mesmo saber o que acho que você merece." Que idiota. Ele torce a cara e olha para o outro lado, então torna a girar nos calcanhares e volta a tentar me encarar de frente mas não consegue, e torna a torcer o rosto. Parece um afogado: rosto inchado, imberbe, os olhos esbugalhados e sem cor, as veias claramente aparentes no pescoço. "Você se acha muito importante, não é? Passa o dia aqui deitado, sem fazer nenhum trabalho, acha que tem o mundo dentro de um livro. Seu lixo, seu bêbado", xinga-me ele. "Nunca entendi para que Johnson dizia que você prestava, e eu tinha razão. Não quero nem pensar no que a família dele vai ter a lhe dizer. Por que alguém diria alguma coisa? As pessoas vão querer saber por que você fez o que fez, McGlue. Melhor começar a pensar bem direitinho. Em que andou pensando esse tempo todo?"

Junto as mãos e me sento um pouco na cama. Fico apenas olhando para ele como quem diz *O quê?*

"Daqui a um mês vamos estar em casa", diz ele. Chega um pouco mais perto e fica olhando para minha cabeça de cima, para a rachadura, imagino eu. Hora da inspeção. Na saída, ele sente o cheiro do balde de mijo e merda, olha para o viado e move o queixo na direção do balde, então se retira com a cabeça baixa. Tem o queixo flácido e disforme, parecendo um peixe. Me pergunto quem iria querer trepar com um homem desses.

As coisas ficam maçantes aqui embaixo.

No mercado de Calcutá havia um hindu pequenino sentado de pernas cruzadas balançando uma espada acima da cabeça. Johnson me deu uma cotovelada ao vê-lo, então paramos e ficamos assistindo a ele enfiar a espada goela abaixo até o fim, até o cabo encostar nos seus dentes. Alguns homens apareceram e o homenzinho saiu correndo, ainda com a cabeça jogada para trás, movendo-se com agilidade feito um pequeno lagarto.

Perguntei a Johnson como ele podia ter sobrevivido a uma empalação daquelas.

"É tudo vazio aqui dentro, Nicky", me disse, batucando o próprio peito. "Feito um túnel." Ele então bateu na minha cabeça. "Mas vai ver você é vazio aqui em cima", falou.

O que andei pensando, capitão, é que os artigos isentos de taxa de importação num país são o que eu gostaria de enfiar pela rachadura no meu crânio para começar a preenchê-la: feno, laranjas, limões, abacaxis, cacaus, uvas, frutas verdes e vegetais de todas as variedades, e bagaço de linhaça. Cavalos, porcos, aves, cães e animais vivos de todos os tipos, exceto bois e ovelhas. Rolhas, cascas de árvore, lenha para fogueira, troncos e madeira para corantes. Cobre ou metal amarelo, rebites ou forros isolantes, e pregos de cobre e metal amarelo. Feltro para isolar, estopa e cordame velho, piche, alcatrão e resina. Lona para velas, barcos e remos para embarcações.

Encho minha cabeça com polias, bitáculas, lampiões de sinalização, bússolas, correntes, roldanas, bigotas, anéis e dedais, olhos de boi, âncoras e cabos de corrente de todos os tipos, e cordas de arame galvanizado. Suco de limão e gelo. Livros impressos, partituras e jornais, mapas, gráficos, globos e papelão inteiro, papel cartonado e cartolina. Tinta, prensas, tipos e outros materiais para impressão. Bagagens de passageiros ou móveis de cabine que chegam à colônia até três meses antes ou depois de seu proprietário. Tabuletas, vitrais, harmônios, órgãos, sinos e relógios especialmente importados para igrejas ou capelas. Peles e pelicas de toda sorte, cruas e não manufaturadas. Vernizes de todo tipo. Ratãs, desfiados ou não.

Eixos de carroça, raios, cubos e aros de roda. Lousas escolares e gizes, ardósias para telhas e ardósia e pedra para calçamentos. Mármores, granitos, ardósias ou pedras em blocos brutos.

Carbonato de sódio, soda cáustica e silicato de sódio. Sobras de algodão, sobras de lã, pavios de vela, lã, linho, cânhamo, filamentos e juta, não manufaturados. Exemplares de história natural, mineralogia ou botânica. Pó de ouro, ouro em barras, lingotes e moedas. Fibra de coco e pelos não manufaturados. Cabeças e cabos de vassoura, em parte manufaturados para a fabricação de escovas. Jarros de vidro ou barro, especialmente importados para geleia. Barras aros chapas e ferro-gusa e moldes para chumbo e chapas para moldes. Sais de magnésio, ácido cítrico, ácido sulfúrico, ácido muriático, ácido carbólico. Mantas de crina para fornos de secar lúpulo. Vinhos e destilados.

Capitão.

O que é verdade?

Passamos uma noite em Mamaroneck, e embora eu tivesse gostado de sair e dar uma passada numa loja de bebidas, Johnson falou que tínhamos de acordar cedo para ir a cavalo até a cidade, e dispôs para mim um conjunto de roupas suas no encosto de uma cadeira: calça marrom pesada, camisa limpa, colete e sobrecasaca de lã.

"New Haven só presta para duas coisas", disse Johnson ao se despir para ir para a cama. "Revólveres Samuel Colt e descaroçador de algodão." Fiquei olhando para ele de onde estava, aquecendo-me junto ao fogo. Ele tinha os braços magros e finamente cinzelados. As mãos vermelhas e envoltas em algo que eu só conseguia pensar que devia ser beleza. "Para mim chega", falou ao se deitar. "Nova York é cheia de gente rica, dinheiro e vinho. Você simplesmente precisa aprender a não exagerar, caso contrário estará acabado."

Fiquei ali parado com as mãos nos bolsos. Estava pensando que ele representava uma carona até algum lugar e mais umas poucas refeições até eu chegar lá.

"Quem é a moça?", perguntei a ele.

"Uma solteirona", foi sua resposta.

Fiquei ali parado mais um pouco e o vi esfregar os olhos diante de um espelho rachado sobre a mesa de cabeceira. "Para que você me quer aqui?"

"Você está armado?", perguntou.

"Estou."

"E ainda não me deu um tiro", disse ele.

"Não."

Ele lançou um cobertor no tapete em frente à lareira e rolou para o outro lado.

Na manhã seguinte descobrimos que a calça de Johnson ficava comprida demais em mim, e ele mandou a moça fazer a bainha enquanto eu ficava sentado de ceroula junto ao fogo e ele aprontava o cavalo.

Mar do Norte, ao sul de Long Fourties

À noite desaba um temporal e o navio balança. Marinheiros sobem e descem pelo corredor cambaleando, berrando mais alto do que o vento e a chuva. Içar velas, enrolar velas, consertar cordame, disso tudo eu me lembro. Fico em pé sobre a cama para olhar pela janela, enxugo o rosto, fico olhando os clarões dos raios através da torre branca de bandeiras, chicoteando freneticamente, a proa voando alto, uma cadeira arranhando o chão atrás de mim, o mar negro a toda volta. O navio se inclina e a chuva, pela janela, se derrama sobre a cama. Levanto-me e arrasto a cama até encostá-la na porta. Esse tipo de tontura faz sentido quando caminho. O balde de mijo e merda eu imprenso no canto. Queria fumar. Inclino a cama para fazer a água escorrer e torno a deitar. Parece o alto-mar. A melhor parte. Fecho os olhos e deixo o lugar girar.

"Se não estiver conseguindo dormir, pense em coisas que gostaria de comer, coisas que vê ao percorrer uma estrada, nomes de garotas. Diga-os mentalmente, repetidamente até chegar ao fim."

"Eu nunca chego ao fim, Johnson", digo-lhe. "É disso que sempre preciso, de mais um."

"Johnson, Johnson, Johnson, Johnson..."

Baía da Biscaia

Este sou eu: cotovelos apontando para os lados, punhos nas axilas, o passo largo com a perna esticada, o joelho alto e o pé flexionado, as costas arqueadas. Então o joelho dobrado e o pé descendo até menos de um centímetro à frente do outro, as costas se vergando, os cotovelos se endireitando, os braços pendendo, os dedos se abrindo e sacudindo em direção ao chão, a bunda espichada para trás, a cabeça erguida, fecho os olhos. É assim que eu ando. É assim que vou andar de agora em diante.

Sento-me na cadeira.

Que tédio.

Grito "Viado" bem alto. Vou lhe pedir que me mande uns negrinhos para brincar. Eles são os mais divertidos mesmo. Só que Viado não aparece. Torno a me levantar. Tomo um gole do cantil. Um uísque fraco. Insuficiente. Assobio. Penso que gostaria de ser um mago.

"Como vimos em Istambul, com a fumaça e a cortina?"

"Aquela russa gorda?"

"Sim. Ela era bonita."

"Não", cuspo. "Um mago de verdade, Johnson. Que faz algo surgir do nada." Estalo os dedos. "Sem fumaça."

Ele risca um fósforo na parte de baixo da mesa pivotante e me lança uma garrafa, acende o cachimbo. Parece preocupado com alguma coisa. Fico observando seus olhos.

"O que foi?", pergunto.

"É tão silencioso aqui embaixo", diz, testando a cama com o joelho. "Você não preferiria dormir junto com algum marujo?" Ele tem um dos olhos semicerrado por causa da fumaça. Senta-se.

"Quem vai querer dormir comigo? Todos acham que eu sou um assassino."

"Bom, com quem você gostaria de dormir?"

"Com o feiticeiro que esmagaram com pedras na Prisão de Salem tempos atrás."

"Esmagaram como?"

"Empilharam pedras em cima dele. Pedras grandes. Até a língua e os globos oculares esguicharem da cabeça."

"Era um feiticeiro de verdade?"

"Se não era, morreu feito um idiota."

"E você, McGlue?"

"Não, eu não sou idiota, obrigado."

"Bom, venha, vamos fazer alguma coisa."

"Não tem nada para fazer, Johnny."

Johnson dá uma baforada no cachimbo, recosta-se de pernas cruzadas na cama, sem mexer a cabeça.

"Fique quieto", diz, e começa a mover a boca como um cavalo, e parece empalidecer um pouco de tanto prender a respiração, e fecha os olhos como se estivesse se fingindo de morto. Fico apenas parado com as mãos no encosto da cadeira e espero ele rir. Nós costumávamos fazer isso: bêbados no pé da escada ou caídos de alguma árvore, após levar um soco forte numa briga, após cair de um cavalo, ele ou eu ficávamos simplesmente deitados sem nos mexer por tempo suficiente para fazer o outro nos sacudir. Então ríamos. "Que foi, achou que eu tivesse morrido? Seu idiota." Então fico parado e aguardo Johnson. Mas em vez de risada o que sai da sua boca quando ela se abre é uma coluna de fumaça do tamanho de um homem adulto, e o homem de fumaça está segurando numa corda um cachorrinho de fumaça, e ficam os dois pairando ali, como se estivessem esperando para atravessar uma estrada. Johnson inspira fundo e se endireita, fecha os olhos com força, em seguida os abre e balança a cabeça. Ficamos olhando a fumaça. O homem está usando uma espécie de capa folgada de tecido marrom e um chapéu feio e disforme, e tem os cabelos compridos. O cachorro não parece tão velho.

"McGlue é você?", pergunta o homem olhando para Johnson. A voz é ligeiramente rascante, e no ar frio e espesso do oceano parece vinda do nada. Johnson faz que não com a cabeça.

"Estou com seu cachorro", diz o homem. E estende o punho no qual está segurando a corda cuja ponta forma um laço. "Ele ainda é seu", diz ele. Seguro a corda. O cão pula e arranha meus joelhos com as patas. Não sinto nada.

"Agradeça ao homem", diz Johnson.

"Obrigado", digo.

Johnson ri. O cachorro está mijando no meu pé. A risada de Johnson é cruel e soa fajuta.

Esses sonhos me deixam com o coração apertado.

Quando era menino, seis, sete, oito anos, eu tinha um cachorrinho.

"Acha que ele vai viver para sempre?", perguntou-me alguém.

Não respondo.

Fui a pé até a loja na Buff para ver se lá me venderiam uma bebida.

"A mãe me deu isto para comprar uma dose de uísque de centeio." Ponho a moeda em cima do balcão.

"Uma dose?" O bigode dele tinha pedaços de pão preto. A parte inferior do balcão era de vidro, no qual eu podia ver minhas pernas refletidas. Atrás das minhas pernas estavam vários cachimbos enfileirados. Alguns eram feitos de ossos. Havia balas vermelhas em cima de uma folha de papel. Cada uma tinha um pinguinho de uma substância vermelha parecendo tinta no papel embaixo dela. Também puxa-puxa. Meu cachorrinho lambeu meu sapato.

"Você gosta de bala?"

Fiz que não com a cabeça e peguei a garrafa.

Disso eu me lembro, e passo em frente ao pátio da escola com o totó. A touca preta da professora parece um grande besouro negro. Está ventando muito ali. Ela acena, tira um fio de cabelo da boca, segue andando. Troco a corda de uma mão para a outra, sinto a pequena garrafa no bolso. O ar ventoso e quente de outono é agradável. Totó late para a poeira que um pequeno cavalo levanta na Howard Street, e eu não gosto mesmo da Howard Street. Bom menino. Howard Street é onde enterram os homens mortos. E é lá que fica a cadeia, tijolos vermelhos e uma porção de chaminés pontudas a despontar em direção ao límpido céu azul lá em cima. Quem sabe vou subir a Howard Street e apenas olhar. Acho que é lá que enterram só os velhos. Não os jovens. Não vai ser esse o meu fim. Ninguém que eu conheça está enterrado lá. Tento ver através das janelas da cadeia mas elas têm barras em zigue-zague e estão escuras. Totó fuça a corda e gane. Não gosto disso. Viro para o outro lado em direção ao terreno público da cidade e ensaio uma canção feliz na cabeça.

Sinto a pequena garrafa no bolso e assobio quando chego no gramado.

Dwelly está lá jogando bola. Rich também.

"É o seu cachorro, McGlue?"

"Sim, é meu."

"Ele sabe fazer algum truque?"

"Senta", digo. "Senta."

O rabo do meu cachorrinho se agita depressa e ele faz xixi, e suas orelhas se abaixam e ele estremece e recua, e parece assustado e eu me abaixo para lhe fazer festa.

"Seu cachorro não é de nada, Mick", diz Rich.

"É", diz Dwelly.

Dwelly lança a bola para o alto. Está quase escurecendo.

Tiro a garrafa do bolso e mostro a eles.

Descemos até a Derby Street passando por todos os casarões elegantes, pelo fogo nos lampiões de vidro em cada esquina, e vamos passando a pequena garrafa de mão em mão. Acaba depressa demais. Rich precisa ir embora. Vou para casa com Dwelly para brincar mais. Ele mora logo do outro lado da rua. Amarro o cachorro num poste em frente à casa. Ele chora e eu não ligo.

Atlântico Sul

O navio tem se mantido firme. Viado entra e sai sem dizer muita coisa. Um negrinho aparece de vez em quando para esvaziar o balde de mijo e merda. Tento provocá-lo para fazer uma ou duas piadas, mas ele não topa. Ergue as mãos ao redor do rosto e põe a língua para fora. A intenção é me meter medo e dá certo. Vou esperar chegar em casa para pensar no futuro e pronto. Por enquanto há muito a lembrar.

Como Nova York.

Havia uma névoa fria por cima do gramado e ovelhas gordas na margem de uma pequena colina, e uns poucos homens a cavalo e uma grande extensão de terreno numa e noutra direção, e grama e árvores removidas para dar lugar a ruas e pequenas casas, e rios de um lado e de outro que eu podia ver quando a névoa se dissipava e se eu estreitasse os olhos. Porcos dormiam numa pequena sarjeta na beira do parque. Uma placa num poste dizia CORTEJO.

Tínhamos chegado à ilha de Manhattan de manhã cedo, e Johnson na mesma hora achou um homem para comprar sua égua. Subi a colina a pé e fiquei sentado com as costas apoiadas na árvore. Ali não havia neve, mas o chão estava congelado. Fiquei olhando Johnson vender sua égua. Ele não a afagou no pescoço nem nada para se despedir. Apenas guardou o dinheiro no bolso e subiu a colina caminhando.

"Lá embaixo é onde ficam os barcos e onde as pessoas moram", disse Johnson, apontando. "Vamos procurar meu primo."

Começamos a descer a colina em direção à extremidade sul da ilha, Johnson com a cabeça baixa e o chapéu alto e o casaco esvoaçando, mãos nos bolsos e bochechas tingidas de rosa, depois trotando por uma via larga com poucas pessoas na rua tão cedo, virando a cabeça apenas de leve para ver o lugar embora já soubesse onde estava e para onde ia, e apressado foi seguindo, seguindo, e eu atrás, as pernas no começo parecendo madeira morta por causa da longa cavalgada durante o dia e a noite, depois dormentes de frio, e bufando um ar enfumaçado e sem chapéu e eu disse: "Johnson", mas não parei porque ele estava andando depressa demais, mas como estava com frio e com sede subi correndo até chegar ao seu lado e disse: "Preciso de um gole rápido se formos continuar assim o dia inteiro", e ele parou e assentiu, coisa que eu não esperava. Esperava que fosse me enxotar, mas ele se deteve e aquiesceu e olhou para cima e me segurou pelo colarinho e o ajeitou em volta do meu pescoço. Uma placa dizia BURNT MILL POINT. Sabe Deus como me lembro disso. Encarei Johnson nos olhos. Ele ficou parado de frente para mim por alguns instantes. Nada transparecia em seus olhos, algo que eu estava acostumado a ver em qualquer homem. Senti um pouco de medo.

"Temos que tirar esse seu bigode", disse Johnson.

A essa altura já estávamos nas docas, e fazia tanto frio e ventava tanto que dobramos uma esquina e descemos uma avenida assinalada com um D, cujas ruas estavam repletas de pessoas e carroças e crianças. Fomos seguindo e dei uma olhada nos rostos: alguns sujos de graxa e com olhos claros e cansados e jovens, outros contraídos e secos e vermelhos por causa do vento, e alguns com cachecóis e outros com mantas nos ombros e alguns sentados nas soleiras das portas e algumas crianças empurrando um carrinho quebrado com dois filhotes de cachorro em cima e uma gritando: "Agora você", e uma fila de jovens senhoras de vestidos pretos e verdes erguendo as saias acima das poças de lama da rua, segurando livros debaixo dos braços, as mãos enluvadas pequeninas, e um homem grandalhão sem casaco puxando um touro, outro grandalhão ao seu lado de barba ruiva cheia andando de costas, chapinhando pelas poças e incomodando um casal mais velho de cabelos brancos que caminhava devagar, de braços dados, pelas pedras do calçamento e subia no meio-fio para entrar numa ruela. As fileiras de casas eram todas alinhadas e a maioria encostada umas nas outras, e algumas tinham apenas um número pintado na vidraça e outras placas penduradas nas janelas anunciando artigos de mercearia ou ferragens ou alfaiates ou algo assim, e quando passamos por uma porta de madeira marrom duas garotas saíram usando casacos cinza compridos com capuz, uma delas carregando um pão inteiro. Ambas olharam Johnson de cima a baixo, depois se entreolharam parecendo trocar um sorriso cruel. Ele as cumprimentou com o chapéu e se virou. Prostitutas. Olhei pela janela para dentro da pequena loja: latas e vidros de geleia em cores vivas, pães grandes e pequenos empilhados em prateleiras altas e um lampião aceso. Um velho debruçado numa bancada alta virando as páginas de um jornal. Um menino pequeno de costas para nós, dançando à maneira dos negrinhos. Fiquei ouvindo seus pés estalarem nas tábuas do piso, e Johnson então falou: "Ali adiante", e subimos a rua e dobramos algumas esquinas até entrar numa rua chamada Clinton.

No cômodo da frente de uma casa um homem estava vendendo destilados. Entramos e de repente um silêncio se fez; o barulho das ruas e pessoas e cavalos e sinos se calou atrás da porta fechada e com a proximidade da bebida. A bebida, principalmente, apenas parada ali, tornou tudo silencioso.

"Que tipo é esse?", Johnson perguntou a ele.

Havia garrafas na prateleira. O homem tinha uma papada flácida e olhos de inseto que se moviam devagar.

"Loja de pinga vende pinga", disse ele. "Seu amigo?" O homem tinha o polegar esticado na minha direção. Johnson lhe passou o dinheiro e fez uma cara engraçada para me fazer sorrir.

"Você é meu amigo, Nick?", perguntou ele.

A coisa era doce como conhaque, mas deixou na minha língua um gosto ruim e amargo. Esvaziei uma garrafa e fiz Johnson pagar por mais algumas, e abri a seguinte e passei para Johnson, e ele deu uma golada e fez uma careta e riu e passou de volta para mim, e foi isso.

Seguimos andando. Tinha esquentado um pouco. Eu agora prestava menos atenção nas pessoas. A rua se chamava Rivington. Johnson diminuiu o passo. Entramos numa ruela e numa barbearia. O lugar cheirava a fumaça e sabão de lavar roupa. Um velho baixote me empurrou sentado numa poltrona de couro. Tomei um gole de bebida.

Um menino novo raspou minha barba e penteou meus cabelos. Tinha os dedos tão macios que me perguntei como fazia para não se cortar. Trinquei o maxilar. Johnson ficou sentado conversando com homens de terno grosseiro. "Viemos lá do norte, a trabalho", ouvi-o dizer.

Dois homens entraram falando outra língua. Aquilo me fez pensar numa canção triste. O velho que mandava no pedaço berrou bem alto: "Fora!". Então uma senhora gorda surgiu dos fundos tocando uma corneta. O velho a enxotou de volta. Senti cheiro de repolho cozido. Os dois homens tinham ido embora. O menino estapeou meu rosto com um bálsamo ardido e me empurrou gentilmente para fora da poltrona. Johnson tirou um chapéu do cabide e uma sineta tocou quando saímos pela porta. Eu agora tinha um novo chapéu.

Em meio a tudo isso eu sabia que podia me separar e ir para onde quisesse. Tinha uma arma que valia alguma coisa e minhas próprias ideias. Mas não me separei. Pensei: ele está pagando. Pensei: ele deve ser maluco.

Entramos numa loja de esquina e nos sentamos, e Johnson pediu café e pratos de comida e um negrinho nos trouxe tudo numa bandeja, e Johnson me observou despejar o que restava da garrafa na caneca depois de eu tomar o café todo, então limpou a boca e me disse por que tínhamos ido até ali.

"Nós vamos encontrar meu primo", falou. "É para cá que as pessoas vêm e é aqui que o dinheiro está, e é aqui que eu quero ganhar a vida, porque lá no norte não tem nada a não ser velhos engravatados, e para mim chega de velhos engravatados. E você é um bom garoto e um bêbado, mas faça exatamente o que eu digo e comigo vai dar certo na vida, está bem?"

"Sim", falei, mas a coisa não parecia muito certa. Eu não queria dar certo na vida. Queria me deitar com a vida e esganá-la e matá-la, e salvá-la e cuidar dela e matá-la outra vez, e queria partir e esquecer para onde estava indo, e queria mudar meu nome e esquecer meu rosto e queria beber e acabar com a minha cabeça, mas com certeza não tinha pensado em dar certo na vida. Isso não era uma coisa que eu já tivesse tentado fazer. Andamos de volta até as docas e até um estaleiro onde havia muita fumaça e muito barulho, e fiquei numa taberna com algumas moedas que Johnson pôs na minha mão enquanto ele saía, segundo ele, para procurar o primo. Voltou algumas horas mais tarde. Eu a essa altura estava debaixo da mesa, com um cara pequeno e baixote com orelhas de porco ao meu lado me perguntando o que eu fazia para ganhar dinheiro e eu respondendo: "Eu canto".

"Cante uma canção", disse Porco, chegando mais perto, e Johnson o empurrou para longe e me puxou pelo colarinho.

"Venha", disse Johnson. "Você consegue andar?"

"De cavalinho", falei, e o contornei. As tábuas de madeira escura do chão se aproximaram, senti um gosto de serragem. Dormi. O sabor amargo de conhaque na minha língua me reviveu instantes depois. Olhei para cima e encarei Johnson. Seus olhos dessa vez cintilavam. Comecei a cantar uma canção. E Johnson ficou apenas sentado ali, com minha cabeça no colo, escutando. Não era o que eu imaginava que fosse acontecer. Depois de uma estrofe me levantei e saí com ele pela porta e em direção à Clinton, onde Johnson disse haver uma hospedaria.

"É aqui que você mora agora." Ele me empurrou para uma cama ao lado de camas cheias de homens, e homens sentados entre as camas jogando cartas e fumando e passando garrafas de mão em mão, e às vezes berrando alto demais e alguém ganindo para calarem a boca, e a noite por fim se imobilizou e senti o peso de Johnson na cama comigo, e ali era Nova York.

Pela manhã a cidade de Nova York tornou a aparecer, com apitos de nevoeiro e a barulheira da rua e Johnson roncando, e me levantei para mijar e vi uma garrafa despontando de dentro da bolsa de um velho, então a roubei e bebi e pus a garrafa vazia de volta e fui procurar o mictório.

Sinto o navio começar a perder velocidade. Deve ser Lima.

New York, New York

"Levante", disse Johnson.

"Como me encontrou aqui?" Ele está parado aos pés da minha cama com um grande chapéu elegante na cabeça, o patife. Nunca o vi em Five Points antes, muito menos nas seis últimas semanas.

"Perguntei onde o bêbado fedido que canta estava dormindo, o que você acha?"

"Você é o que agora, prefeito de Manhattan?"

"Vamos. Isto aqui está infestado de pulgas."

E Johnson tem razão. Isto aqui, uma antiga cervejaria dividida em quartinhos com pisos e paredes desmoronando e cheios de traças e mosquitos e ratos, faz a pessoa se coçar só de olhar. O lugar me dá sede. Já faz um tempo que estou aqui, acordo à tarde, ganho algum dinheiro de um bobo lá embaixo no carteado, bebo, saio, vou andando em direção à parte norte da cidade, bolo um plano, invento meu futuro espiando por entre os portões de ferro forjado de Gramercy Park, depois esqueço, torno a descer até Five Points, filo uma comida da família Abbott no quarto ao lado, balanço um bebê em cima do joelho, desço até o bar de ostras de Little Water, acordo no dia seguinte, repito tudo outra vez.

"Li sobre você no jornal", diz Johnson enquanto amarra os cadarços das minhas botas.

Ele me passa um jornal enrolado. Tento ler enquanto desço cambaleando a escada.

Soubemos que ocorreu uma escaramuça em nossas ruas no sábado último entre um jovem do norte não identificado e Silas B. Woolcutt, da qual o segundo cavalheiro saiu sem um dos lábios. Em consequência dessa calamidade tememos que daqui em diante ele não vá conseguir falar tanto em nossas ruas quanto era o seu costume. E embora o rapaz graças a essa operação possa ter adquirido um excesso de lábios, certamente não é possível justificar a adoção desse seu método para derrotar um oponente ou revidar um deslize, e ele talvez se veja privado da liberdade de agir fora dos limites de uma certa feia casa de cômodos, onde talvez se exija dele algo mais do que falação caso não modere seus atos.

"Acha que estou ligando para isso?", pergunto.

Johnson já me fez sair pela porta. Ele me empurra para cima de uma carroça. Sigo lendo.

Um homem negro foi derrubado e roubado na noite de anteontem nos arredores de Five Points.

"Essa também não fui eu", digo.

Celia Riddle, jovem amarela, da Bayard Street, foi encontrada em Five Points, inebriada e fazendo arruaça e querendo brigar. Detida.

Hannah Fowle, também conhecida como Donnelly, do número 313 da Pearl Street, foi trazida extremamente inebriada e jurou que quem estava inebriado era o marido e não ela. Detida.

Bernard Lawless, recém-chegado de New Orleans, foi trazido inebriado do bar de ostras de um homem chamado Smith por ter tentado deixar lá uma criança que trouxera consigo, e que jurou nunca ter visto, embora fosse seu filho. Foi multado em um dólar, que pagou, e foi dispensado.

William Shilleto foi julgado por roubar sete colheres inglesas e um lenço de seda de Ramsay Crook na Beekman Street, que foram encontrados no seu baú. Julgamento suspenso sob a condição de zarpar num navio.

"Seu idiota", diz Johnson. Vira uma página e aponta. A carroça segue sacolejando pela Segunda Avenida. Não vi quem está conduzindo o cavalo.

Nick Bottom, de Five Points, acreditando estar sendo perseguido como passageiro clandestino na linha de White Plains, tendo embarcado originalmente em Bowery — há quem diga que estava fugindo de um enraivecido rapaz da gangue dos Roach Guards querendo cobrar uma dívida de jogo — saltou perto do rio Harlem escapando por um triz de cair n'água, mas sofreu uma rachadura no crânio que o obrigou a ser removido para o Dispensário Demilt no centro da cidade na quinta-feira última. Sem acusação.

"Vou levar você para casa", diz Johnson.

Ponho-me de pé para segurar o condutor pelo ombro, mas Johnson me puxa de novo para trás pelo fundilho da calça.

"Tome." Ele põe uma garrafa na minha mão. Saco a rolha e o sinto remexendo em meus cabelos.

"Você é um homem morto", diz ele. Eu bebo. "Me dê sua arma."

"Eu perdi", digo a ele.

"Você vendeu", diz ele.

"Não", digo. "Eu atirei numa garota e na mãe dela, depois joguei a arma no rio Harlem."

"Um sonho. Você bateu a cabeça, McGlue", diz ele.

Seguimos na carroça atravessando o parque e subindo pelo Harlem, até para lá das belas mansões de tijolos e passando por fazendas e chácaras, e subindo, subindo e eu durmo, e quando acordo com dor de cabeça Johnson me passa outra garrafa. Acordo outra vez em Mamaroneck com a cabeça enfaixada, e a solteirona roendo a unha do dedo enquanto encara meu rosto como se fosse uma pilha de louça suja que ela precisa lavar.

"Que foi?", balbucio.

Ela não diz nada, e se afasta para pôr mais um pedaço de lenha no fogo.

Lima

Faz tempo demais que não vejo Johnson. Nas imagens da minha mente ele vem e vai, e ainda não apareceu aqui no meu porão no navio para acalmar meus nervos que parecem as cobras quentes dos meus miolos, rastejando e fervendo enquanto o vapor escapa pela rachadura na minha cabeça. Eu pediria a ele, a Johnson, para arrumar um médico para cuidar de mim, já que não sei de que outra forma sair daqui.

Sei que estou doente. Já estive doente assim antes e Johnson me ajudou a melhorar. Um regime vagaroso de uísque, aguardente de milho e empadão de peixe, caminhadas diárias rápidas pelo meio das árvores ao meio-dia no início, e depois aprendendo dia após dia a bordo de um navio a içar velas e dar todos os nós e arrastar caixotes e aprendendo a ladrar mais alto do que o vento, a ficar parado e cavalgar os mares silenciosos. Se eu tivesse bebida para gastar, derramaria diretamente dentro da rachadura para resfriar as cobras. Fazê-las se aquietarem e pararem de sibilar. Se eu bebo o suficiente pela garganta, elas ficam quietas por um tempo, e posso viver um instante da minha vida como venho fazendo aqui e ali. Mas isso vai ficando mais difícil quanto mais tempo passo aqui, quanto menos Viado aparece com garrafas. A cerveja é choca e rala. Um negrinho me traz rapé em surdina mas isso me tira o sono, e depois de cuspi-lo no balde torno a ficar com sede. Saunders responde a uma pergunta que não fiz. "Nós o embrulhamos num saco de aniagem e o amarramos, e ele estava todo rijo e tinha parado de sangrar, e depois de nos afastarmos alguns quilômetros da costa em Zanzibar simplesmente o jogamos no mar. Mas não tínhamos uma canção nem ninguém para fazer uma verdadeira homenagem além do capitão, que falou como ele tinha sido um homem bom." Diz isso sem olhar na minha direção. "Então fizemos uma prece cada um na sua cabeça e jogamos uma Bíblia depois dele, e ele afundou mas a Bíblia não", diz ele. "Não pense que não temos coração."

"Quando Johnson vai vir?", pergunto a Saunders.

Ele torna a fechar a porta com um puxão. Fico esperando. Um tempo depois o navio se imobiliza na água e ouço o ruído abafado e entrecortado de terra firme. Imagino como deve ser: colinas roxas ao longe. Meninas com grossos vestidos vermelhos e brancos, burros trajando tapetes, bodegas cheias de bebida que apunhala as entranhas. Um convés frio e molhado de onde eu desceria e a terra preta e arenosa da qual limparia detritos de lixo antes de beijar. Lamberia os beiços. O gosto morno e amargo do chão duro. De joelhos. Cuspo dentro do balde. Chamo Viado. Sobre a mesinha pivotante há um prato de batatas. Decido ficar de pé. Meus pés têm um aspecto purulento e parecem grandes, pendurados em meus tornozelos de tamanho infantil, duas canelas moles como boias balançando dentro de ceroulas de lã sujas. Vejo meu reflexo no espelho em formato de escudo. É o desenho de um esquilo faminto de barba comprida.

Tierra del Fuego

Viado aparece trazendo um enorme butim, atropelando notícias sobre piratas e cagando em cima de John Bull. Está bêbado e me passa uma grande jarra da bebida. Chama-se pisco, diz. Nada de errado com ela.

"É feita com uvas viníferas, McGlug", diz ele. Exibe uma espécie de sorriso lupino, apoiado na mesinha pivotante com a cabeça balançando. Tropeça para trás quando o navio balança e ri. Sorvo um longo gole da jarra. É como uísque com rosas silvestres, como homem e mulher, a mistura perfeita. Bebo tudo.

Viado quer mais. Adianta-se e estica a mão. Estou sentado de pernas cruzadas sobre a cama com a jarra encaixada no colo.

"Arrume a sua", digo.

Ele estende a mão para baixo.

Mas eu o empurro contra a parede. Não o empurrei com força. Ele meio que congela ali depois que sua cabeça bate, então apenas desliza até o chão. Viadinho, penso. Bebo.

Quando ele acorda já é noite e a jarra está vazia, e passo mal pela beirada da cama sem ligar para o balde, e Viado cobre o nariz com as mãos.

"Seu porco", diz. Posso vê-lo agora rastejando ao luar, entre as sombras. É agradável. Como Johnson aparecendo às vezes, quando eu voltava a mim, com algum comentário inteligente a fazer.

"Seu imbecil", diria ele. Jogaria um pano ao lado da minha mão machucada e inerte apoiada no chão. Eu limparia o vômito.

"Johnson", grasno. "Quanto tempo mais para tudo isso acabar?"

"Depende de você, Nick. No fundo do fundo do poço é viver ou morrer, deixar a batalha terminar e rolar de lado."

Pigarreio, rolo de lado.

"Bom menino", ouço.

Pego no sono.

Tomamos um trem em Mamaroneck e paramos em New Haven e eu passo um dia inteiro bebendo gim enquanto Johnson vai conversar sem sucesso algum com um sujeito sobre trabalhos. Johnson nos arruma camas e me mostra uma fotografia sua que mandou tirar. Um desenhozinho marrom dele próprio com aquele chapéu bobo e aquele lenço de cetim. Peço uma minha e ele parece aceitar. Detesto quando me trata feito criança. No dia seguinte me leva a um médico. É um medicozinho de cara gorda e casaco preto perto da estação de trem e com um grande pássaro laranja e amarelo numa gaiola.

"Ela veio do Caríbio", nos diz o médico. Assobia uma nota e pisca os olhos com desânimo por trás dos óculos. A ave abre e fecha as asas.

"Ele caiu e bateu a cabeça", diz Johnson. "Precisa de uma carta assinada pelo senhor."

"Está me vendo bem, marujo?", pergunta o médico, movendo os braços para cima e para baixo.

Assinto.

Ele segura meu rosto com as mãos e me encara fundo nos olhos, então espia dentro da rachadura na minha cabeça.

"Você bebeu pouco, pelo visto." Prendo a respiração. "Um ou dois tragos tudo bem, mas se beber demais vai sentir dor. Sabia disso?"

Assinto mais um pouco.

Johnson saca uma luva e enfia um dedo entre os arames de cobre da gaiola. A ave dá passinhos para trás num pequeno poleiro.

O médico vira as costas e escreve.

Abotoo meu casaco.

"Talvez ele queira tomar alguns destes aqui se a cabeça inchar e doer", diz o médico. Entrega a Johnson um frasco de comprimidos e a carta.

Se eu tivesse a tal fotografia de Johnson falaria com ela. Estaria com ela. Estaria dentro dela, cutucando seu rosto imóvel e tão sério, dando-lhe uma cotovelada nas costelas. Dizendo: "Não fique aí parado, diga alguma coisa". E depois me sentindo um bobo por saber que ele tinha me enganado outra vez: estava se fingindo de morto. Esperaria ele rir e dizer: "Te peguei".

Salem

Minha mãe não fica muito feliz em me ver.

Vem até a porta segurando uma vela acesa e uma faca.

"Quem é?", pergunta. Tem a voz irritadiça e grave.

"Sou eu", digo.

"Porcaria."

A porta se entreabre. Seus cabelos estão grisalhos e amontoados na gola do vestido. Ela está usando os volumosos cabelos como se fossem um chapéu. Minha vontade é rir e entrar, mas ela fica apenas ali parada. Ouço-a respirar, uma respiração chiada e preocupante. Não pensei nela sequer duas vezes desde que fui embora, mas ali está ela e eu voltei.

"Você não pode ficar aqui", diz ela. "Está morto e enterrado."

"Então para onde eu deveria ir?", quero saber.

Johnson está ao meu lado, e minha mãe então o vê e segura a porta com força e apaga a vela com um sopro. Detenho a porta com o pé e volto a perguntar. "Para onde?"

"Dwelly veio aqui procurar você", diz ela. "Pergunte para ele."

Retiro o pé.

"Me dê essa faca", digo.

Ouço-a recuar.

Empurro a porta para abri-la mais um pouco e mantenho o pé ali, e arranco a faca da mão dela e sinto seu pulso, seco, pontudo, como feito de papéis ressecados.

Outra vez na rua, enfio a faca na bota e começamos a descer até onde sei que Dwelly estará a maior parte da noite: no Rum Room, mais provavelmente nos fundos, dormindo feliz.

Passamos por uma árvore grande que estala e balança, e Johnson diz que gostaria de descansar e ali onde estamos se chama Howard Street e eu lhe digo que é melhor seguirmos em frente até as docas, que é onde ficam as tabernas. Mas ele quer encher o cachimbo. Apoia as costas na árvore. O luar se despeja por entre as folhas como o facho débil de um raio. Aquilo não é bom. Quero dizer a ele para não se apoiar naquela árvore e seguir em frente. "Enforcaram uma senhora nessa árvore tempos atrás por ter matado a própria filha."

Ele nem liga.

"Ela quebrou o pescoço da própria filha. Torceu como se fosse o de uma galinha. Depois saiu contando para todos os vizinhos o que tinha feito. Toda orgulhosa. Vamos."

"Como assim? Você, de Salem, ainda acredita em bruxas?"

"Não", digo. "Mas em fantasmas, sim, e estou com sede. E meu irmão está enterrado mais adiante nesta rua."

Ele risca um fósforo e a chama engasga e se extingue antes de chegar ao fornilho do seu cachimbo.

"Merda." Ele risca outro. Começo a me impacientar. Meu raciocínio agora está claro, o céu da noite cintila como cacos de vidro molhados.

"O nome da filha era Difícil. Acha que é o nome de uma garota de quem você iria gostar?"

"Pouco me importa o nome, contanto que ela seja quente."

"Acho que você não se importa muito", digo.

"Acho que você, sim", diz ele.

Parece bravo. Pergunto-me se agora vai embora de vez. Desde que nos separamos em Nova York, e desde que me reencontrou e me levou consigo, não disse muita coisa sobre onde esteve ou o que fez.

"Mande o mundo se foder e toque a vida, Nick", diz.

Peço para ele repetir o que falou.

"Eu disse mande o mundo se foder."

Soa bem saído da sua boca. A palavra "mundo" se assoma como algo que fermenta. Como algo que eu poderia engolir e arrotar e saborear, e pôr bem para dentro de mim e botar para fora, e penso é, vou mandar mesmo. Minha cabeça dói de repente. Peço a Johnson um comprimido e ele esvazia o frasco na palma da mão, pega um entre os dedos e diz: "Abra a boca", e ponho a língua para fora e ele deposita ali o comprimido, naquela língua trêmula e fumegante, me alimenta, e o comprimido é amargo, e minha língua se retrai e se esquiva e se encolhe para trás e algo em mim se imobiliza, e esse algo é algo que não consigo identificar e pouco me importa e é bom.

Refazemos nosso trajeto até a casa da minha mãe e torno a bater. Dessa vez, quando ela aparece na porta, estou com a faca a postos e a estendo e lhe digo para entrar e nos preparar dois pratos de comida e servir o uísque e atiçar o fogo, porque estamos com frio e estamos com fome e eu preciso beber.

Minha mãe bufa e se vira e estala a língua, mas faz o que digo. Sento-me lá dentro. Johnson, mascando e bocejando, mal tira os olhos do fogo. Minha irmã caçula espicha a cabeça pelo vão da porta de onde fica sua cama. Envesgo os olhos.

"Menino desgraçado", diz ela para mim. "Sua cabeça está estranha."

Seguro a faca bem alto e a giro no ar, e deixo a luz do fogo refletir na lâmina para amedrontá-la, e vejo seus olhos se estreitarem e ela deixa a garrafa sobre a mesa e se retira vagarosamente. Beber. "Amanhã vemos se conseguimos arrumar emprego", digo para Johnson.

"Mmm", faz Johnson, um som grave e ressonante, e ele limpa a gordura da boca com a barra da toalha de mesa da minha mãe, o rosto todo cravejado e rosa e brilhante por causa das chamas.

San Juan

Ouço uma porção de gritos no convés. Vozes masculinas emitem instruções que parecem os balidos de um rebanho de cabras no abate. Ninguém ligaria a mínima se eu também me pusesse a cantar aqui embaixo, então eu canto. Canto a primeira parte duas vezes, devagar e com emoção, depois o resto bem depressa e com a mesma facilidade de uma simples canção para dançar. Diz assim. Escutem. Digam se a minha voz está límpida:

> *Montado num corcel de leitosa alvura*
> *Eu me achava realmente uma vistosa figura*
> *Com a pistola armada e uma espada na mão*
> *"Firme e certeiro" era o meu bordão*
>
> *Um cavalheiro foi o primeiro que encontrei*
> *Cavalguei até ele e sua mão apertei*
> *Apesar de tudo de que ele seria capaz*
> *Tomei seu tempo e o matei por trás.*

Salem

Assim que tive altura suficiente para entrar nas tabernas sem os pais dos amigos se virarem bufando e me enxotarem com as mãos calejadas, vermelhas e esfoladas pelas cordas apontando para a porta, passei a frequentar um lugar chamado Lady Lane, onde serviam uma espécie de bourbon chamado cachorro morto e a garçonete era uma menina chamada Mae, e ela me deixava vê-la tirar a roupa em seu quartinho nos fundos da taberna onde também estava incumbida de fazer as camas e arrumar, e onde guardava uma garrafa que me dava enquanto eu ficava sentado ali, e às vezes eu cantava uma canção e pegava no sono em sua cama mas mal a tocava. Numa noite de verão, depois que ela acabou de trabalhar, subimos juntos para o seu quarto e ela desabotoou o vestido e me fez tirá-lo por seus braços abaixo, e seus braços eram tão macios e quentinhos que eu pensei que fosse passar mal com o jeito como sua pele cedia à menor pressão dos meus dedos, e o modo como a fina fazenda do seu vestido se estendia e cingia sua pele, e aquilo eram só seus braços para começar e eu nem sequer conseguia imaginar o que o restante dela faria comigo, era horrível, e um cheiro subia do seu peito parecendo leite azedo e era quase o cheiro fétido das docas, e tive uma ânsia e ela meio que tremia e respirava na minha direção feito uma criança gorda idiota depois de correr, e me olhou e perguntou com uma voz suave e melosa se eu estava bem, e seus olhos pareciam muito grandes e úmidos mas eu sabia que o que ela queria perguntar era se eu era alguma espécie de filhotinho de cachorro assustado e se eu era um bebê que nunca tinha tocado nos braços de uma mulher e essas coisas, então eu a empurrei e seus cabelos meio que subiram voando ao redor do seu rosto como se ela estivesse debaixo d'água e ela caiu de joelhos e sorriu e estreitou os olhos e virou as costas para mim e começou meio que a engatinhar feito uma gata em direção à cama. Não foi bom.

Então eu simplesmente a peguei pelo braço e a amarrei no guarda-corpo de madeira da sua sacada e peguei suas chaves e voltei para a taberna vazia e bebi mais até o sol nascer, depois fui para casa e esqueci da menina.

Na noite seguinte, no Lady Lane, o grandalhão que dava as ordens estava lá, com o rosto vermelho e sussurrando algo para a menina com uma voz alta e fumegante, o que não era inabitual, e a menina veio até mim e disse, por entre os dentes cerrados: "Meus parabéns, seu viado vagabundo", e eu só fiz empurrar de lado minha caneca e tamborilar na mesa do jeito que se faz para informar que se quer mais bebida. Disso eu me lembro.

Quando chegamos ao píer no cais do porto de Salem pedem para eu me vestir e juntar minhas coisas. Saunders então entra e me passa uma garrafa e aperta minha mão e sai, deixando a porta aberta, e Viado está ali na porta esperando. Jogo os cobertores longe e dou uma olhada em minhas pernas de mar. Praticamente não saio dessa cama há meses. Levanto-me devagar, com a garrafa me pesando num dos lados, e cambaleio até onde Saunders deixou uma pilha de roupas com um par de sapatos por cima e tomo um gole e me visto com uma das mãos, segurando a garrafa com a outra. Minhas antigas roupas estão todas grandes demais. Sem cinto preciso segurar a calça com a mão livre. Viado fica olhando de cabeça baixa, alisando impacientemente o lábio com o polegar, parecendo triste.

Minha mãe está parada perto do cais com minha irmã mais nova, um homem ao seu lado de braços dados com ela. Mal sinto meus pés tocarem o chão quando isso acontece. A maioria dos homens está ocupada soltando as velas e descarregando, e entendo que devo acompanhar o policial e seus homens com seus reluzentes distintivos de latão que agora brilham sob o céu nublado, as árvores, as coisas muito altas e paradas e o modo como me movo em direção ao mundo, a pele do rosto da minha mãe tão lívida que chega quase a ser roxa, os pelos do queixo do homem a oscilar de leve. Olho em volta à procura de Johnson. Sou levado até uma carroça com grades nas janelas e subo, e Viado agora sumiu. Abro a boca para falar e meus ouvidos doem e consigo ouvir novamente. Parece o barulho do vento. O policial fecha a porta sem dizer nada. Estou com sede, gostaria que ele soubesse. O ar faz minha cabeça doer. Está tudo silencioso. Depois de um tempo o chão começa a se mover e fico sentado dentro da carroça-caixote escura e cheia de farpas. Meus ossos sacolejam. Johnson lê do *Daily Atlas*:

O capitão Isaac Hedge, conhecido em New Bedford e Salem como comandante de navios nesses portos e anteriormente em Barnstable, suicidou-se na travessia entre San Francisco e o Panamá, primeiro cortando a própria garganta e depois pulando pela amurada.

"Nunca o conheci", digo.

Cães raivosos vêm aterrorizando New Bedford.

Ouço-o virar a página.

Houve um tempo em que eu sabia que existia um deus ouvindo meus pensamentos e tomava cuidado com o que permitia ser dito, e um tempo em que a vergonha daquilo que eu escutava lá em cima me fazia bater com a cabeça na parede, e então tive altura suficiente para entrar no Lady Lane e tapar meus ouvidos com álcool. Deve ser para lá que estão nos levando: para o Lady Lane. Após esse tempo todo no mar. Que Deus os abençoe, tum, tum. Deixemos o passado descansar em paz, ei, Johnson. Me desculpe, desculpe. Deixe eu lhe comprar uma garrafa. Pense em todo o caminho que percorremos até aqui.

Howard Street

Estou na Howard Street, suponho. Tenho uma janela. Estou preso agora. Com roupa listrada e tudo. Detido. Encrencado. Em apuros. Cheguei.

Não bebo nada desde a manhã. Levaram embora minhas coisas e me fizeram tomar um banho, me mediram, anotaram meu nome num livro. A roupa que me deram para usar é de segunda mão, gasta e remendada, listrada de preto e branco e meio cinza e encardida com o que parece ser arrependimento. Só que eu não estou arrependido. Melhor aqui do que naquele porão de navio, graças a deus. Isto é um pijama de verdade. Feito de algodão macio. Não vou me queixar. Embora me pergunte quando minha mãe virá me ver trazendo um pacote, se vão me pedir uma lista do que necessitarei para a noite. É melhor pedirem. Isto é o meu regresso ao lar.

O guarda por entre as grades de ferro é um sujeito maior do que o normal com um rosto jovem mas sem cabelos. Parece o irmão mais velho de Dwelly Pepper, mas não comento isso pois sei que não é. Ele me diz alguma coisa naquele inglês ininteligível dos irlandeses. Aposto que bebe. Ele ladra um pouco sem olhar para mim lá dentro e eu não entendo nada, mas sinto que nos conhecemos. Fica sentado num banquinho de madeira de pernas pontudas e se levanta toda vez que alguém passa, suspende uma das nádegas para soltar um peido de vez em quando. Ele não é ruim. Fico vendo-o tirar meleca e coçar a cabeça. Coço a minha. Tento desalojar algo lá em cima com a base da mão, batendo na rachadura, experimentando diferentes ângulos. Há um ponto do meu cérebro em queda livre de quando caí do trem, mas não consigo alcançá-lo. Insisto, porém. Penso que se conseguir passar de um certo ponto para dentro do crânio vou conseguir pressionar o lugar que era tão bom. Sinto estar avançando quando um ponto sensível cede à pressão do meu polegar, como uma cartilagem que se rompe. Meus ouvidos então param de funcionar, o que é um avanço, penso inicialmente. Mas eu apenas não consigo ouvir o que está fora de mim. Tudo lá dentro está perfeitamente claro: todos os nervos rangendo e todo o sangue, os vasos sanguíneos boiando franzidos e vazios e a respiração se movendo por nada e os ossos apenas estalando, loucos, balançando-se como uma corda tesa e cheia de nós, como meus ombros, minha mandíbula, tudo preso no lugar com tanta força que está prestes a se partir. Minha barriga ronca. Fico olhando para o guarda. Ele não parece se importar que eu me machuque assim. Parece alheado, e duvido que eu possa fazer grande coisa capaz de tirá-lo do sério. Pergunto-me o que ele terá visto na vida. Seguro meu próprio pescoço com as duas mãos e me esgano por alguns instantes, então canso e me finjo de morto. Ele fica apenas roendo as unhas, todo encolhido em si mesmo, cotovelos nos joelhos, cuspindo com precisão as unhas no chão.

É bom sentir cansaço e ficar apenas deitado olhando em volta. Tenho novamente um penico para cagar e mijar. Sobre uma mesinha há uma jarra d'água e uma caneca de latão, e o chão está parado. Eu poderia ser feliz aqui, penso, a depender de um fornecimento regular. Mas estou preocupado. Onde ele está?

Então, como um barulho alto e repentino, a tortura recomeça. Nada nunca pareceu tão impossível quanto ter de passar o dia inteiro assim, entre as paredes como aqui. Estar em qualquer lugar que não seja aqui, ou o que eu não daria por um mísero golinho, ou pelo menos para ter outra pessoa aqui dentro comigo, qualquer coisa para não precisar ficar aqui, parado, deitado sozinho assim. Sem ir a lugar nenhum. As paredes são feitas de blocos de pedra cinza quadrados e granulosos.

Fecho os olhos, mas como o sol está entrando com força pela janela sou obrigado a apertá-los e a cobrir o rosto com as mãos para fazê-lo desaparecer e fingir que estou outra vez no navio e que Johnson e eu estamos manejando a corda lado a lado, firmando as enxárcias, depois amarrando as enfrechaduras, e o navio nos balança e sinto as entranhas chacoalharem e subirem, e estou suado, e ouço marujos gritando e levanto uma das mãos para proteger os olhos do sol, e outros aparecem trovejando e ouço a voz de Johnson agora vinda de longe e sinto o cheiro de mais um homem mal lavado pairando no ar salgado, o vento ainda por alguns instantes quando o navio se vira, um pedaço nu e frio da minha pele — apenas as costas da mão — arranhado pela casca áspera de pelos do seu braço, sinto o calor daquele corpo, deixo que ele me aqueça. Como uísque para o coração ele me faz saber quem sou e para onde estou indo e a resposta é isso não importa nem um pouco, isso não é nada, é ar vazio e é o que deve ser e o vento aumenta e nós partimos, velozes, com o sol atrás de nós, por toda parte. Abaixo as mãos e os marujos se levantam e respiram. Descanso por alguns instantes. Que se dane Johnson, a merda, pouco me importa. O chão está parado. Então abro os olhos. Estou na prisão.

Uma bandeja com pão e feijão é empurrada por um espaço nas grades da porta. Ando até lá descalço e vejo que o guarda tem um jornal no colo. Ele ergue o rosto para mim, então torna a baixar os olhos. A comida não parece tão ruim. Seguro o pão com a mão e aperto. Tem um cheiro forte de levedura, e os feijões, de banha. Chamo o guarda. "Quais as notícias?" Ele não me ouve. Levanto-me. Não me sinto muito alerta, sinto-me cansado. O chão e o teto trocam de lugar e a terra treme. Segundos depois, o guarda se abaixa diante do meu rosto com o punho na frente: "Calado!", grita ele no meu ouvido. Paro de gritar. Eu estava gritando.

"Ah", digo. "Ah, tudo bem", digo ao guarda. "Obrigado."

O soco me endireitou as ideias. O guarda me recolhe do chão e me arrasta até a cama. A palha do colchão escapa e me pinica, espetando e me dando coceira. Engulo um pouco de sangue, um dente. É uma sensação boa. Meus ouvidos zumbem intensamente depois de eu ter levado um soco. O dia parece encerrado. Estou feliz. Desejo saber seu nome, o nome desse companheiro, meu guarda. Tento falar, mas minha boca apenas gorgoleja. Rio pelo nariz. Ouço-o bufar, então escuto passos.

Pela janela está nevando e é bonito. Se eu torcer completamente o pescoço consigo ver o alto dos galhos nus das árvores que margeiam o terreno público onde eu costumava jogar bola, o céu violeta. Isso me faz lembrar de uma coisa. Quando não restava mais bebida em casa e o pai de Dwelly e o pai de Rich os estavam proibindo de sair e minha mãe tinha levado a bolsa e ido para algum lugar, eu tinha uma boa listinha de outras coisas que davam certo. Como me curvar e enfiar a cabeça numa fronha. Ou me pendurar nas vigas pelos pés e pedir para a irmãzinha apertar minha garganta com a velha correia usada para cavalos. Bater com a cabeça no chão. Um gole de sangue é um bom substituto. O de Johnson tinha gosto de rum. O meu parece mais vinho azedo. Ouço meus ouvidos zumbirem e fico olhando a neve.

Onde deveria ter havido sono nessa noite simplesmente não há sono nenhum.

O guarda agora é um gordo de barba grisalha que levou seu banquinho para mais longe no corredor. Posso ver a pequena chama de uma vela numa soleira nessa direção, a luz distorcida no vidro. As sombras se movem estranha e suavemente à luz lenta, a neve ao cair reflete o vento em trilhas de claros e escuros nas paredes, o céu clareado, o gelo a se espalhar vagarosamente pela janela.

Penso em jogar minha caneca nas grades e exigir um cobertor. Mas estou com frio demais para me mexer. De toda forma, não acho que deveria ter de pedir. Minha respiração é uma fumaça no ar, e mal se pode vê-la à luz mortiça da minha cela. Sinto falta da minha antiga cama. De Viado. Aqui tudo a que tive direito foi meu jarro vazio mergulhado num balde d'água arrastado pelo corredor por um homem de cabelos ruivos. Isso, e a água tem gosto de ovo podre. Tudo isso com um marinheiro doente. Talvez eles achem que se me puserem em quarentena, seja qual for minha doença, não farei mal algum às pessoas daqui. Já ouvi terem feito isso quando os homens voltam para casa com disenteria ou varíola ou algo assim: eles são simplesmente deixados num confinamento como este aqui. Já parece punição suficiente eu estar doente desse jeito. Não é bom aqui, não.

Enrolo-me no único lençol, cubro os pés com as barras da calça e fico tremendo com força, a cabeça balançando no pescoço feito as bonecas que víamos nas barracas do mercado na China. Não sei como mas estou suando. E as gotas de suor de minha testa trêmula caem, congelam e se acumulam nas dobras das minhas roupas como neve, e parece correto que alguém viesse nos dar uma bebida para nos pôr na cama agora, já que sou um hóspede deles, não é mesmo, então fico sentado, bufando e soprando fumaça e nevando, esperando um ajudante ou uma enfermeira ou um negrinho com uma garrafa sobre uma bandeja. Estenderei minha caneca. Eles devem vir daqui a pouco, já que as luzes estão apagadas. Sinto na boca o gosto seco e metálico de terra. Meus lábios estão ressecados e ainda com gosto de maresia, do mar. Penso ouvir passos e inspiro fundo e prendo a respiração e escuto. Mas tudo é silêncio e não tem ninguém vindo. Quando solto o ar a fumaça adquire forma. Parece haver um homem sentado num dos lados do pé da cama.

Estou com frio demais para falar com ele, e mal ergo a cabeça para não perturbar a cavidade de calor mantida à minha volta pelo lençol. Mas não tiro os olhos do homem de fumaça. Ele está bebendo de uma garrafa. Tira o chapéu e o encaixa no joelho. Parece estar esperando alguma coisa. Tem a postura de um bêbado feliz. Da minha idade.

Limpo a garganta com um pigarro para ver se ele se vira na minha direção.

Ele apenas toma outro trago e fica encarando o chão, então estica bem o pescoço como se estivesse olhando ao longe. Mas então diz: "O seu cara vai vir, Mick".

É a voz de Dwelly Pepper.

"Você deveria esclarecer as coisas", diz ele, agora tocando o chapéu. "As pessoas estão dizendo que vocês dois tiveram algum tipo de briga lá e que você acabou não se sabe como levando a melhor. Não sei como você fez, mas acho que deveria consertar isso."

"O que você ouviu, Dwelly?", pergunto.

"Ouvi que houve uma briga entre vocês. Você e ele. Na última etapa ou algo assim, e que vocês não contaram a ninguém por que foi. E antes disso você pediu dispensa em algum lugar. Que história foi essa?"

"Na China."

"Para quê?"

"O capitão deveria ter me deixado ficar. Eu só estava pedindo o dinheiro que ele me devia. Tinha uma cidade de praia no sul, lá, meio que afastada de tudo. Poderia simplesmente ter ficado lá. Parecia uma boa ideia."

"A mim parece a pior ideia que já escutei."

"Você não iria entender, Dwelly."

"Sua voz está desanimada, McGlue. O que você tem?"

"Acho que estou doente."

"Mas parece mais do que doente", diz Dwelly, chegando mais perto.

Baixo os olhos para meu próprio colo e respiro o ar mais quente preso ali debaixo do lençol. Penso que Dwelly irá embora se eu ficar assim.

"Me conte", diz Dwelly.

"Prefiro não."

"Está bem então."

"Me passe essa garrafa, Dwelly."

"Claro. Você sabe que eu não vou fazer isso."

"Johnson vai vir ou não?"

"Não precisa ficar tão ansioso. Ele vai vir."

Espicho a cabeça para fora e sopro mais um pouco de fumaça para dentro de Dwelly.

"Dwelly", digo a ele. "Minha cabeça está doendo."

"Não duvido", diz Dwelly, e ergue a garrafa e bate com ela no meu crânio bem onde está a rachadura. "E agora, Mick?"

"Melhorou."

Uma sombra percorre o chão sem fazer ruído.

"Diga alguma coisa", diz Dwelly, apontando para lá.

"Johnson?"

É ele.

Eu queria que Dwelly fosse embora.

Johnson está simplesmente ali parado esperando, cinza e imóvel junto à cama, recostado na parede. Ele não diz nada. Tento fazer um gesto com os olhos para deixá-lo ciente de que eu quero falar, mas não na frente de Dwelly.

"Está esperando o quê?", pergunta Dwelly. "Diga que sente muito e tudo isso."

Reviro os olhos.

"Me dê o resto do que tem nessa garrafa, Dwelly", digo.

Ele torna a bater na minha cabeça.

Johnson apenas fica ali. Como se estivesse dizendo: "Estou aqui". Como se estivesse dizendo: "Sou todo seu agora", ou algo assim.

Minha respiração está branca e espessa.

"Vai esquentar um pouco durante o dia. Conversamos então, a sós", digo.

"Seus patifes", diz Dwelly. "Sempre com segredinhos, meu deus."

Isso faz algum sentido, embora eu saiba que estou sonhando.

Apenas me deito, por mais frio que esteja, até Dwelly desaparecer. Finalmente adormeço.

O médico é mandado para me examinar. É de manhã. Continuo tremendo.

Ele entrega o sobretudo e o chapéu ao guarda diurno e esfrega uma mão na outra. O cintilar de seu colete de cetim fere meus olhos.

"Não diga nada", diz ele antes de eu abrir a boca. Olha dentro dos meus olhos e fareja meu hálito sem esboçar nenhuma expressão. Tem a pele grossa, bronzeada e untada, a barba nas laterais do rosto é um pouco falhada.

"Quanto tempo mais?", tento perguntar.

"Shh", faz ele. Sua voz é até gentil. Olho para ele um pouco mais. Ele está olhando para mim, manipulando meu maxilar, meus cabelos, meus tornozelos, erguendo meus joelhos, em seguida esticando-os e me virando de bruços e levantando minha camisa. Como está frio demais para ficar parado, dou trancos com o corpo e me reviro e gaguejo. Ele cutuca alguns pontos do meu traseiro com um dedo.

"Dói?", pergunta.

Dói sim, mas eu balanço a cabeça fazendo que não.

"Um trago aliviaria a dor de cabeça, só isso", consigo dizer. Ele me ignora.

Outro homem aparece com um pedaço de papel. O médico se levanta para lhe dizer algo. Um frasco de comprimidos surge. Dou um suspiro.

"São vitaminas", diz ele, e seus cabelos são soprados para longe da testa quando se abaixa para me encarar nos olhos. "O senhor vai tomá-las diariamente ao comer. E nada de beber mais. Em breve vai morrer por causa da bebida, não há dúvida disso. E sua cabeça não vai ficar boa enquanto o senhor continuar batendo com ela no chão. Está bem, então."

Ele dá alguns tapinhas no meu ombro usando apenas as pontas dos dedos e sai. O policial que me tirou do navio ontem o encontra no corredor e o cumprimenta com um aperto de mão.

"Você está todo roxo aqui", diz o guarda, apontando para a base das próprias costas e depois para a minha. Sua expressão parece a de uma criança que viu algo em que não consegue acreditar. Ele sai para entregar ao médico o sobretudo e o chapéu, e torna a trancar as grades.

Eu diria que a minha cela tinha quase dois metros de largura, três de comprimento e três de altura ontem à noite, e nessa noite tem pouco mais de um metro de largura, dois e meio de comprimento e dois de altura.

É de tarde. Há algum tempo estou parado em pé diante da janela, esfregando o nariz numa listra da manga, perguntando-me se alguém da rua iria erguer os olhos e olhar para mim se eu começasse a gritar e a esmurrar o vidro, se iria apontar e acenar, ou o que faria, me pergunto. Trouxeram-me comida hoje de manhã e eu comi tudo. Ainda não pus nenhuma merda dentro do balde. Tomei, com água, dois comprimidos da mão de um guarda pálido com nariz de porco. O gosto amargo não me agradou. Tornei a me sentir de barriga cheia e com vontade de morrer. Talvez seja isso a tristeza. É isso que eles querem dizer.

Um velho está em pé do outro lado do portão. Tem os olhos semicerrados e está me olhando de cima a baixo sem nunca parar de aquiescer.

"Menor do que eu esperava", diz.

Ele se inclina para trás e faz um gesto para o guarda, que se levanta para deixá-lo entrar na minha cela. Fico apenas parado onde estou.

"Fui contratado pela sua mãe. Escolhido para representá-lo. Como advogado. Não posso lhe dizer que ela teve muita escolha em relação a essa questão, já que eu talvez seja o único profissional de direito da região sem qualquer lealdade para com essa família dos Johnson, cujo pai é William Johnson, que como suponho que o senhor saiba teve um envolvimento e tanto nos negócios desta cidade desde a Companhia de Algodão Naumkeag Steam junto com outros figurões — não meus vizinhos, olhe para mim —, e portanto exerce pressão sobre boa parte do povo daqui — meus vizinhos, seus vizinhos, ou melhor dizendo vizinhos da sua mãe — ou pelo menos sobre aqueles que precisam de empregos e estão dispostos a exercê-los agora que metade do estado partiu em busca de sonhos de ouro e sol, os idiotas. Eu disse a meu sobrinho que a cura da infelicidade não é sair correndo em direção a uma fantasia boba qualquer, mas o senhor sabe como são esses jovens, quando metem alguma coisa na cabeça não conseguem mais tirar até ela quase os ter matado, e até eu me lembro disso e de como simplesmente não me deixava desencorajar por nenhum velho, e para mim vinte e cinco anos era velho, sabe, lembro-me de olhar para meu primo Roddy, ha, aquela mula, e pensar: 'Um dia vou ter dinheiro para comprar um chapéu assim', achando que ele era muito orgulhoso e podia fazer tudo que quisesse.

Mas nós somos limitados, não é? Todos temos algumas limitações. E trombamos com elas e isso dói, sem dúvida, mas é o único jeito de descobri-las. Humm. Fiquei sabendo que o senhor causou algum estrago aí em cima." Ele aponta para minha cabeça. Até agora ficou folheando papéis dentro da sua bolsa de couro gasta e tirando lá de dentro uma caneta e um tinteiro, depois tirou o sobretudo e voltou a vesti-lo, se acomodando no pé da cama. Mas ele então para, se levanta e vem na minha direção com os olhos pregados no meu cocuruto, e só faz meio que farejar, e assopra meus cabelos ao formar um assobio com os lábios.

"Que cara ruim. Uma cara muito ruim mesmo." Ele aquiesce mais um pouco. "Ótimo. Se pudermos pôr tudo isso na conta dos miolos mortos e fazer aquele médico atestar qualquer loucura que o senhor venha cultivando aí em cima, isso é bom, muito bom. Um júri se deixa influenciar muito por um homem doente, provocar pena é bom. E a palavra de um médico mal chega a ser compreendida, então vamos alegar algo muito complicado. Se tudo o mais falhar, e espero que não precisemos mencionar isso, e pode ser sincero comigo, marujo, estou vivo há tempo suficiente para saber que existem homens de todo tipo, então abordaremos o que havia entre o senhor e Johnson, apenas o que havia de verdade, sem recordar quaisquer detalhes — e o senhor não precisa ser tão sincero assim comigo, claro — de modo a não dar margem a acusações adicionais, já que isso não seria bom. E saiba o seguinte a meu respeito: eu não julgo. Somos todos filhos de deus, não somos, etc." Ele espera meu olhar cruzar o seu.

"O que foi?", pergunto.

"Sim, sim, está bem. Apertemos as mãos." Ele se põe de pé na minha frente e estende a mão. Descruzo os braços. Minha mão solta treme. Ele a segura.

"Meu nome é Foster. Cy."

"Sai."

"Isso."

Penso em lhe pedir para me trazer uma garrafa. Ele é meio que velho e travesso, e talvez não inteligente o bastante para saber quando está sendo enganado. Pergunto-me que tipo de compensação estará recebendo da minha mãe. Ele se vira e vai até o canto da cela onde a mesinha está e ergue a jarra d'água e a caneca e as deixa com cuidado no chão. Arrasta a mesa em direção à cama e senta em cima.

"Bom, vamos começar", diz, e dá alguns tapinhas num ponto da cama ao seu lado. Vou até lá e me sento. Penso em onde pousar as mãos. Ele tira do bolso da frente um par de óculos e começa a formar uma pilha de papéis e torna a falar.

"O senhor sabe ler, não sabe?"

"Sim, eu sei ler."

Ele aponta para o desenho de um louco barbado sem camisa num cais de madeira, com uma selva de árvores e macacos atrás de si. O louco está segurando uma larga faca de cordame numa postura simiesca: pernas dobradas e muito abertas, cabeça afundada para a frente. Outro homem está desenhado caído de barriga para cima no cais, vestido com um terno de corte reto e uma cartola. Riscos semelhantes a calor ou a força emanam do seu corpo. Um nativo negro nu segura uma vara alta com lâmina na ponta e cobre as próprias partes com uma placa na qual se lê: NÃO ESTOU À VENDA.

"Não entendi", digo ao advogado. Foster.

"Republicanos. Deixe para lá. Mas o senhor já pode ver que todo mundo o considera louco."

"Esse sou eu?" O macaco barbado sem camisa.

"O que eles gostariam de considerá-lo, sim — alguma espécie de animal que não sabe se comportar e fede. Mas eu não estou vendo isto aqui. O senhor mal passa de um pombo. Não tem muita carne. Deveria comer mais."

"Vou comer."

"Estão alimentando o senhor aqui?"

"Só com comida."

Ficamos os dois calados.

"Preciso da sua assinatura em alguns destes aqui."

Ele me passa a caneta e aponta. Transformo meu nome numa poça de tinta em um e faço um rabisco no outro. No terceiro Foster segura meu pulso.

"Preciso saber com franqueza o que aconteceu."

Ele está me olhando como se eu fosse lhe contar. Tem a caneta entre os dedos, a boca ligeiramente entreaberta, ouvindo-me respirar. Não tenho a menor intenção de falar até minha cabeça ficar direita. Não tenho nada a dizer. Fico olhando para o velho e arregalo os olhos, mais ou menos. Minha intenção é lhe dizer para me deixar apodrecer e morrer, e apenas me trazer uísque, vinho, qualquer coisa. Ele lê minha expressão como se eu estivesse pedindo para ser reconfortado. Ou algo assim.

"Vai melhorar", diz ele. "Mantenha a mente ocupada. O tempo passa mais depressa quando a pessoa se mantém entretida. Este encarceramento decerto vai lhe salvar a vida. Eu levaria isso muito a sério se fosse o senhor. Chega de veneno, e o senhor precisa me dizer a verdade para eu poder defendê-lo. Decida agora, meu rapaz. Se vou trabalhar para tirá-lo daqui apenas para morrer, bom, só não desperdice meu tempo. Talvez o senhor tenha sido provocado. Eu preciso saber. Voltarei daqui a alguns dias." E ele recolhe seus papéis e sai.

Mas deixa o jornal, com a data de ontem.

Sento-me diante da mesa e fico encarando o chão para ver se Johnson aparece. Esquentou, mas minha cabeça e minhas mãos continuam tremendo. A primeira página do jornal tem uma coluna chamada "Almanaque do Ano de 1851", que nada mais é do que um calendário do ano, com todos os meses e todos os dias numerados, do dia de ontem até o fim. É como se esse fosse o tempo que me resta.

Pego o jornal e o desdobro. Dentro dele há uma faca. Escondo-a no colchão e me sento para ler.

O jornal é muito útil.

O mundo dos SECOS é puro luxo: camurças, sedas, tweeds de pura lã. Cambraias coloridas, caxemiras estampadas e elegantes guingões de Earlston. Veludos. Todos aqueles enchimentos macios. Imagino que esse seja o habitat natural de Johnson, um berço repleto de travesseiros de seda fofinhos. Era ele quem ia atrás das paragens enlameadas fétidas e sem sentido, da merda que eu lhe mostrava. Era apenas um estudante da miséria. Tinha para si que havia algo semelhante a graça e triunfo a ser encontrado no fato de desdenhar a própria boa sorte e escolher o pior. De responder ao que iria fazer da própria vida com vou seguir o caminho mais pútrido que houver, vou arruinar minha vida. Ele se mostrou todo gentil e dócil quando o conheci naquela noite na neve, entendem. Na Espanha já não se impressionava mais com nada. Cuspiu em prostitutas em Sevilha e se achou mundano, o imbecil. E depois se derramou em lágrimas comigo no navio, tecendo o que na época pensei serem filosofias realmente sinceras. Palavras de vida. E eu sempre acordava para ele, para escutá-lo. A mim aquilo parecia mais do que conversa. Mas não acho que ele algum dia tenha tido muito respeito. Eu era como um algodão grosso capaz de absorver bastante e de mostrar boa parte do que ele deixava escorrer. Um capricho. Só que àquela altura eu já estava embriagado dele. E lhe disse qual era a sensação de vestir o manto da sua merda. Uma sensação boa, falei. Melhor do que ficar bêbado, falei. Ele disse entender o que eu estava dizendo. Dizia, chorando: entende o que estou dizendo? Era uma sarja preta e cinza e lenços de seda rosa-claros iguais a esses, quase iguais, sozinhos juntos e agachados para se proteger do vento, na lama, bêbados e cansados e sem ninguém para vigiá-los, e eu com a cabeça nos joelhos e as mãos de Johnson nos meus cabelos, mornas, e próximas e juntas como aquela ponte e aquele mar e aquele telhado e cegados pela luz do sol e abrigados, eu abrigado no meu amor por ele qual um lobo envolto em mantas de fina lã merino cinza, bêbados como irmãos. Como cetinetas marrom-claras. Como flanela azul-real e orleã, como mantas de alpaca.

Tirando isso me sinto em casa em MERCADORIAS: feijão-branco, lã e milho. Dito de forma simples, sem Johnson não passo de uma mistureba de carne de porco, açúcar, óleo de sebo, carvão e centeio. E sempre Uísque Irlandês de Qualidade, dez barris, recém-chegados via rio Grande, vendido por Russel & Tilson. Uma cama, uma janela, piso, paredes e mesinha. A tinta do jornal deixa minhas mãos cinzentas. Como uma sombra a deixar marcas em mim. O "Concerto da Véspera de Natal" impresso às avessas no meu pulso.

Na manhã seguinte, Foster aparece com um embrulho.

"O senhor continua aqui", diz. "Da igreja." Ele pousa sobre a cama a coisa embrulhada em papel pardo.

Estou com o jornal, sentado no chão com as costas apoiadas na parede. Acho este o lugar mais confortável e com menos vento, este canto aqui.

"Está havendo algum tipo de confusão lá fora nas docas por causa de algum navio zarpando para uma grande exposição em Londres. A cidade inteira estava reunida para ver uma máquina colossal ser carregada no navio, parecia uma ceifadeira ou uma espécie de imensa armadilha de ferro, deus meu. Perguntei a um menino novo que estava mais na frente o que era, e ele disse que é para fabricar sapatos. Já ouviu falar numa coisa dessas? As pessoas fazem fila para qualquer tipo de aberração da lógica, juro ao senhor. E são essas mesmas pessoas que estarão sentadas para julgá-lo quando a sua hora chegar, o senhor sabe. Elas são inteligentes ou burras? Pouco nos importa. Mas gostam de uma boa história. E querem ter razão. Querem muito ter razão. Entende o que estou dizendo?", pergunta-me.

Tenho os olhos erguidos para ele. Ouço o que está dizendo. Sinto-me muito mal. Penso em lhe dizer: "Não estou passando bem aqui. O ar não está normal. Pode ser que eu use a faca", mas ele está com tamanho ar de expectativa e de vida, agora sentado com as pernas cruzadas cavando um sulco profundo na cama, que não acho que vá me deixar em paz. Vai querer que eu me explique. Melhor apenas aquiescer e fazer o que ele quer. É meu advogado. Olha para os próprios sapatos e aponta.

"Tudo por causa disso. Inacreditável."

"Inacreditável", repito.

Ele me encara com cautela, como se estivesse sendo zombado, então se vira e prepara sua caneta e papel.

"Espere um instante." Vai até as grades de ferro da porta e tira do bolso uma sineta. O som me lembra meus dias de escola, minha professora, e a lousa preta lisa na qual eu escrevia meu nome. As meninas com fitas nos cabelos. Os meninos. Bochechas vermelhas salpicadas de sardas, olhos azuis, verdes e castanhos abertos, dentes grandes e raciocínio preguiçoso, iluminados pela luz vinda da janela, a me cutucar no ombro e perguntar: "Ei, quer empinar minha pipa mais tarde?". Depois sair para almoçar e não voltar mais. Descer correndo a trilha enlameada do rio e ir nadar se estivesse calor. Na época ninguém ligava para onde eu estava. Foster volta com um banquinho e o põe do outro lado da mesinha.

"Agora temos um escritório de verdade, hein." Ele se senta no banquinho.

"Venha cá", diz. Do bolso do sobretudo tira um saquinho de balas. "Pegue uma, por favor. Pode pegar."

Ponho uma na boca e me sento.

"São de limão, não é?"

Assinto.

"Bom, certo então", começa ele. "Para começar, saibamos que o povo deste lugar não tem um histórico leniente em se tratando de condenar pessoas por fazerem maldades. Pobres almas. O senhor sabe, não sabe, que nos primeiros anos se a pessoa tivesse um mínimo de opinião própria era chamada de demônio e queimada feito um porco, assada. Não havia nada parecido com um advogado de defesa para quem fosse chamado de bruxo, ninguém para demonstrar pela lei que as pessoas estavam erradas. A lei era totalmente feita para convencer as pessoas de que os seus temores tinham fundamento. Elas inventavam maneiras de provar que estavam certas em relação a outras que parecessem um pouco diferentes. Segundo elas, todas as bruxas sentiam dor quando golpeadas nas costelas e afundavam na água quando amarradas. Pelo amor de deus, mas claro. Hoje sabemos que isso se chama personalidade — uma diferença de opinião. E graças a deus por essa liberdade, certo, certo. E essas crianças fingindo feitiços e tudo o mais. Na minha opinião não passam de uns moleques mimados metendo a mão nas cumbucas erradas, todos eles. Já viu alguém acometido por tremores de Danbury? Como se chama… a doença do chapeleiro maluco? Os solventes das peles deixam a pessoa dançando feito um coelho desembestado. Coisas penetram seu cérebro. Bom, o senhor sabe. Coisas penetraram o cérebro do senhor, sem dúvida alguma. Vá saber. De toda forma, são águas passadas. Eu não acredito no mal, vou logo avisando. Acho que o diabo não passa de uma história para assustar as crianças e fazê-las se comportarem bem. E acho que deveríamos ter mais respeito um pelo outro e não ficar nos assustando assim. Acho que as pessoas agem equivocadamente, com certeza. É humano. Só Deus é perfeito, e o restante não vale merda nenhuma, perdoe o linguajar. Então de quem é a culpa? Por isso atuo do lado da defesa. Para mim é um encaixe natural. Não é qualquer pessoa que deveria ser condenada. O senhor está passando bem? Está muito pálido."

"Estou bem", digo.

"As pessoas da igreja, as mulheres da igreja da minha esposa, da nossa igreja, as amigas da igreja da minha esposa tricotaram esta manta para o senhor."

Foster rasga o papel com a unha afiada do mindinho.

"Acho que esta manta vai ser como um bálsamo. Já teve alguma coisa assim antes? Uma manta que fosse como um bálsamo?"

"Como assim, bálsamo?", pergunto. Já estou entediado. Pego outra bala. São boas. Ele joga a manta por cima da cama.

"Como uma coisa sagrada que tranquiliza, um bálsamo." Ele faz uma pausa. "Me fale sobre esse tal de Johnson. Como era a relação de vocês. Que rivalidade foi essa no fim que levou o senhor a matá-lo. Isso eu preciso saber."

Fico mascando a bala e puxo a manta para cobrir meu colo.

"Dito com todas as letras", diz ele, "houve um desentendimento de algum tipo. É isso?"

"Houve, sim."

"E o desentendimento tinha a ver com o quê, o senhor diria?"

"Tinha a ver com o que Johnson queria."

"E o que seria isso?"

"Ele queria morrer, é tudo que posso supor."

Minha mãe aparece no dia seguinte acenando com uma resma de papéis. Começa berrando, parando de tempos em tempos para proteger o rosto e ficar me olhando como se imaginasse que eu fosse partir para cima dela.

"Sabia que me fizeram levantar a saia antes de destrancar aquela primeira porta de ferro, hein? Uma mulher adulta. Como se eu fosse ter cobras e adagas e os quintos dos infernos lá embaixo. Não param de aparecer problemas desde que você voltou, filho meu. Pedras na minha vidraça, e Mae levou um soco de umas crianças no parque. Não consigo imaginar o que possa ser isso tudo, meu deus. E isto aqui."

Ela alisa os papéis sobre a mesinha e se abaixa, bufando. Seus cabelos estão presos para trás, apertados como nunca os vi. Como se tivesse tirado a parte de cima da cabeça, sem brincadeira. Estamos cara a cara agora.

"Meu deus, bebê", diz ela, "o que houve com todos os seus dentes?"

Baixo os olhos para os papéis. É a letra de Johnson.

"Esta carta", começa ela, "chegou para mim ontem por um dos jovens rapazes de não sei que navio."

Começo a ler.

"Bom, o que está escrito?", pergunta ela, cuspindo perdigotos por cima do meu ombro. "É o seu nome aí, não? Ele diz que você lhe deve dinheiro ou coisa assim, é isso?"

Reviro os olhos e jogo a cabeça para trás. Por alguns instantes vejo tudo branco.

"Olá? Olá?", diz minha mãe. "Você me parte o coração, sabia?" Ela me afaga a cabeça, alisando-me os cabelos, tomando cuidado para não tocar na rachadura.

Protesto e ouço minha voz sair como a de um menino pequeno. Ela está subindo a manta de igreja até meus ombros e a dobrando sob minhas axilas enquanto diz "shhh".

"Da próxima vez traga umas garrafas. Não tem nada para beber aqui."

Ela está afagando minha cabeça e começa a chorar.

"Eles só me dão uns comprimidos duros que me fazem engasgar, machuca, mãe."

"Vou falar com eles."

"Não, é só trazer e pronto, está bem?"

"Vou ver o que posso fazer."

"Faça o que estou dizendo."

"Shhh."

Sento-me na cama e seguro sua mão com força.

"Da próxima vez venha com duas garrafas. Caso contrário eu não a recebo."

Ela tenta fazer alguma coisa para me tranquilizar, mas parece haver adagas nos meus olhos e eu a seguro com as duas mãos e torço um de seus braços e sim, agora vejo o que está prendendo seus cabelos para trás, e é como um garfo de madeira todo retorcido feito corda em volta de uma estaca, então eu simplesmente o arranco e lá vem, uma grande onda de cinza escorrendo pelos ombros dela, minha mãe ganindo: "Me largue, desgraçado".

Então: "Guarda!", grita ela. "Você está doente. Pobre menino. 'É só o jeito dele', foi o que eu disse àquele advogado. Ele disse que eu tinha sido enganada por um bêbado, eu quase cuspi. Amor de mãe é burro mesmo."

O guarda vem e a deixa sair. Enfio os papéis debaixo do colchão. Seguro a manta por cima da cabeça, simplesmente a enrolo na cabeça e passo a respirar com força até ficar cansado demais para aguentar. Adormeço.

Coisas que Johnson disse agora começam a me voltar:

"Ninguém sabe o quanto eu gostaria de ser cruel."

"Eles que limpem."

Certa tarde estávamos bebendo, na semana antes de nosso navio zarpar do porto, sentados na ponte de madeira lá na ilhota por onde passava a estrada de ferro, com as pernas dependuradas, apenas olhando para baixo. Estava com cara de chuva. Johnson disse que iria voltar para casa e arrancar o coração do pai. Perguntei como assim. Ele disse que iria voltar para a casa do pai, encontrá-lo, rasgar seu peito com as próprias mãos, então arrancar-lhe o coração com os dentes.

Ainda ficamos um tempo bebendo.

"Vamos comer um bife, McGlue", disse ele quando começou a chover.

Subimos a Federal Street durante algum tempo, e na grande casa branca antes da North paramos, e Johnson sobe o acesso da frente e não me diz nada mas sobe os degraus saltitando até a porta e bate com o punho fechado. Uma velha senhora gorda vem atender, e Johnson passa direto por ela e me deixa lá fora na rua. Apenas sigo andando e desço a Front e vou até o Rum Room e me escondo rapidamente debaixo de uma mesa com Dwelly. Não sei o que ele está dizendo mas tem galinhas ali embaixo. Uma garota nova está dançando, então seu pai chega e a joga na lama. Um monte de irlandeses novos. E assim vai. Depois de um tempo Johnson aparece, todo seco e usando um casaco novo e compra uma garrafa e assobia para eu o seguir. Ficamos bebendo dentro de uma carroça e vamos até uma casa grande e elegante. O tal de Hathorne da alfândega estava sentado na mesa ao lado junto com o prefeito, mastigando algo que parecia o dedo mindinho de alguém. Dois bifes chegam, e uma garrafa de vidro bisotado cheia de conhaque, acho. Eu ainda estava de chapéu, pus algumas moedas no bolso. Johnson ficou mastigando o bife. O meu estava no prato, ainda sangrando. Havia velas acesas em candelabros que pendiam do teto. Parecíamos estar num navio a ponto de naufragar. Fogos se acendiam e eram apagados assim que eu virava a cabeça. Os ruídos e farfalhares de homens em cadeiras estofadas e seus modos à mesa, as vozes de alguma forma contidas sob a música suave, um rapaz jovem e pálido tocando canções num piano. Corto meu bife com a faca que me deram, segurando-o no prato com o garfo de dois dentes. Os pedaços grandes foram mastigados e engolidos. O vinho chegou. Um homem magro cobriu meu colo com linho branco repetidas vezes. Johnson falava, não sei o quê. Em determinado momento me inclinei de lado e regurgitei a noite inteirinha. Fiquei olhando para baixo e esperei o vapor se dissipar. O vapor parecia um lagarto vaporoso debaixo da mesa. Havia um rubi vermelho escondido sob a superfície da pilha de vômito. Estiquei a mão para pegá-lo. Não dei sorte. Tornei a tentar. Alguém passou um charuto para Johnson e um macaco veio acendê-lo com um fósforo. Tomei um coquetel de gim e me senti melhor. Comecei a cantar uma canção.

"Calado, Mick", diz Johnson enquanto me passa um maço de notas por cima da mesa. "Guarde isto", diz ele, "mas primeiro corte minha garganta."

Disso eu me lembro.

Howard Street

Antes de eu ser vestido com uma calça e um paletó decentes, meus cabelos são cortados e me dão caneta, tinta e papel para escrever minha confissão para o juiz.

"Escreva qualquer coisa de que se lembrar, do começo ao fim", instrui meu advogado. Sua verbosidade foi reduzida quanto mais eu o repelia. "O senhor é um lobinho bem calado", disse ele. Detecto que consegui deixar seu cérebro fedendo um pouco, nem que seja por simples proximidade com o meu. Ele diz que manusear uma caneta vai ajudar a reavivar minha memória, coisa de que não posso dizer que duvido. Mas só faço ficar com o jornal no colo na maioria das manhãs, lendo sobre carregamentos, o preço das especiarias, a China e as visões de seu novo Cristo autoproclamado de suíças negras. E o que mais? O presidente diz para não tratar homens como se fossem mulas. Gosto disso. Gosto de ver a data impressa. Suspendo o jornal mais para perto da janela iluminada. Aquilo ali é o mundo, penso: notícias impressas dentro daquelas molduras farfalhantes. O presidente diz que aqui no norte eu sou prejudicado, acusado sem ter culpa e maltratado sem motivo. Acho que vou mostrar isso para o meu advogado. O papel em branco que ele me deu se curva e oscila com o vento sobre a mesa. "Qualquer coisa de que o senhor se lembrar" é difícil de encontrar. Lembro-me dos tempos mais felizes que tive quando criança, sim, mas não é isso que está sendo perguntado. O jornal estala e emite sons sob meus dedos inquietos. Torno a olhar.

Que relembremos sempre com prazer o passado. Que a sua experiência se revele um guia para o futuro.

Na verdade o simples fato de eu conseguir ler é um milagre, com minha cabeça partida como está e a mente pensando sem parar no que não me está descendo pela garganta. Mas eu deveria dizer que minha visão de uma bebida tem sido ultimamente menos remédio e mais dor. Eu preferiria não pensar nisso. Algo se alterou sob os poucos fios ainda energizados na superfície do meu cérebro. Estou começando a ficar sedento por algo mais. Mal consigo explicar. E sinto que não sei nada. Nunca soube, nem criança nem adulto, nada. Sempre me recusei a aprender.

Quando criança, não prestava a menor atenção na professora na escola. Nós éramos mais inclinados, principalmente Dwelly e eu, a brigar no pátio da escola, derrubar algum velho na rua, roubar e brincar do que àquela baboseira infantil que a professora queria que fizéssemos. Eu não tinha cabeça para aritmética. O que ela podia fazer, de toda forma? Empurrá-la na lama se ela fosse uma das jovens e tirar a tarde para jogar pedras do alto das árvores nas pessoas que passavam no parque. Pedras pequenas, seixos aquecidos em nossas mãos até aquele momento certo em que alguém com a elegância exata aparecia. E nessa época não havia regras. O sucesso e o fracasso pesavam na mesma área. Se errássemos, tínhamos de pular da árvore para o chão para pegar mais pedras e depois tornar a subir. Se acertássemos, pulávamos também, mas saíamos correndo. Eu era rápido e leve e voava pelo ar feito uma ave vivaz. Dwelly porém era gordo e descia devagar e quicava, e eu ria e o xingava. Mas havia outros meninos sem o mesmo quicar dos lábios gordos de Dwelly. Jack Malcolm tinha mãos como cascalho, sempre com os punhos fechados, fartos e emaranhados cabelos e alguma espécie de sombra a se mover atrás dos olhos, pensava eu. E Torrence que sempre mentia e roubava, depois chorava e batia com a cabeça nas paredes, algo que passei a amar nele. Ele raspava o rosto nos tijolos afiados e em seguida corria para casa com o rabo entre as pernas como um gato que apanhou. Então mais tarde, por fim, veio Johnson. Esses foram meus únicos amigos.

É verdade que a minha memória por muito tempo sofreu devido ao meu amor pela bebida. Mais de uma vez acordei ao lado de Johnson sem qualquer lembrança de mim ou dele e do que tinha me levado até ali, até qualquer lugar, na verdade de como eu nem sequer viera a nascer. E Johnson tão calado, sem nunca dizer nada, embora eu saiba que por baixo do sono daquele rosto imóvel de bochechas cálidas havia o ferrão e o soco daquilo que havia lá dentro, ao mesmo tempo próximo e muito distante: eu e o que eu tinha a lhe oferecer. Ele gostava de mim porque eu era frio, algo que ele jamais conseguiria ser. Durante o dia me chamava de rígido, cara morta, difícil de ler. Quando bebia eu dizia mais, mostrava mais. Mas nunca conseguia encontrá-lo onde ele estava: ele nunca bebia tanto quanto eu. Passava mal se tentasse. Em vez disso ficava se balançando, todo animado, e sua conversa se tornava maçante. Com um fervor opulento, ele ficava falando sobre coisas caras: decorações, luzes cintilantes, música, alguma visão, alguma ideia. Não parava de falar sobre a própria vida sem grande coisa que me desse a entender o que na verdade estava querendo dizer. "Me dê mais uma", era o que eu mais lhe dizia nesses momentos, e ele pagava. Lembro-me que a faca que ele costumava carregar nas costas parecia ser cara: cabo de madrepérola, e a lâmina tão limpa que não acho que ele jamais a tenha usado. Ele me fazia revirar os olhos, mas é claro que eu gostava dele da melhor forma que conseguia gostar. Seus quadris balançavam como os de um cachorro magro quando caminhava. Disso eu me lembro.

Foster batuca no papel com seu dedo macio e me encara com atenção.

"Como está se sentindo?", pergunta-me.

Apesar do rosto paternal, ainda não confio nele. Fala com demasiada frequência sobre a igreja, sobre a esposa, sobre como passou a entender tal ou tal coisa, eu paro de escutar.

"Aquilo que não conseguir fazer, deixe que Deus faça", diz-me ele. "Se o senhor começar, vai vir. A verdadeira história está aí dentro, tenha fé."

"Se alguma coisa aconteceu na noite à qual o senhor se refere, eu estava bêbado demais para prestar atenção", digo.

"Nada escapa à lembrança. O senhor estava lá. Temos todos os motivos para acreditar que foi o senhor quem o matou."

É nessa hora que sinto um aperto no coração. Vejo-me caminhando ao lado de Johnson, a sombra da morte ao seu lado, e o meu lado iluminado por um sol salobro. Por acaso ele não sabe que eu prefiro o escuro, que meus olhos estão acostumados? Não faz sentido. Quem o matou entendeu tudo errado.

"Está bem", digo ao velho, e encosto a caneta no papel. "Eu nasci", escrevo. Mas não consigo me lembrar do que aconteceu antes de eu conseguir dizer as coisas na minha cabeça e escutá-las e retê-las dentro de mim, e talvez tivesse uns cinco anos de idade na época, ou oito quando realmente despertei nesse sentido. Lembro-me de dias em casa, da minha mãe. Na época eu tinha um irmão, um irmão melhor do que eu e corajoso e que cozinhava diante do fogo e me empurrava para longe quando eu estendia a mão para lá. Não recordo seu nome agora. Lembro-me que tínhamos um gatinho, e que ele perseguia os camundongos e era meu irmão quem os recolhia, mortos, simplesmente os pegava na mão e os jogava na sarjeta para os cães. Ele tinha os mesmos olhos azuis frios de um pastor cansado. Conversava comigo à noite na cama sobre quaisquer planos ambiciosos que tivesse bolado durante o dia, sobre seus sonhos, suas visões, meninas que achava bonitas. O gato o adorava. Ronronava e caminhava saltitante em direção a ele como se fosse um esquilo, enroscando-se em seus tornozelos aonde quer que ele fosse. Nessa época eu só fazia me esgueirar entre casa e escola, escola e casa, sem qualquer plano ou visão além de arrumar mais encrenca. Devia ter talvez metade do tamanho do homem que sou. Achava que não fosse crescer mais e sentia raiva. Largo a caneta.

Dizem no jornal que esse tal Cristo chinês vai dominar o mundo. Vivem dizendo esse tipo de coisa. As pessoas aqui nesta cidade, neste condado, veem aquilo que é ruim e o tornam ainda pior. Elas torcem o nariz até você farejar a morte num canteiro de rosas. Esse tal Cristo diz que já viu a cara de Deus. Seria de pensar que o mundo fosse entronizá-lo, não amaldiçoá-lo nos jornais por ser uma praga. Devem dizer que eu sou uma praga também, tenho certeza. A quem foi que fiz mal além de mim mesmo, eu gostaria de gritar pela janela. A Johnson, dirão. Minha mãe virá de braços cruzados. E os homens e mulheres da igreja forçarão minha cabeça para trás e tentarão puxar para fora o que há lá dentro. Cutucarão o furo no meu crânio enquanto meus olhos se reviram para trás, e enquanto um filete asqueroso daquilo que consideram o mal escorre pelo meu pescoço para dentro de um balde no chão debaixo de mim. Posso ver isso. Esse é o único caminho para o céu, me dirão eles, esses bruxos.

"Tudo errado." Foi isso que as senhoras da igreja disseram ao entrar na nossa casa. Sou criança, e minha mãe está sentada numa cadeira próxima demais da mesa para seus braços ficarem de outro jeito que não estendidos sobre a madeira fendida por rachaduras compridas. Isso foi na época em que a nossa casa era um quartinho na parte de trás da fábrica, uma casinha no meio de outras casinhas todas iguais nas quais mulheres trabalhavam e crianças brincavam nas pedras e se sujavam na lama do canal. Posso vê-las, essas senhoras da igreja, entrando com um embrulho amarrado contendo uma panela nova e panos novos e um saco de farinha para minha mãe, como se mais panos fossem exatamente o que minha mãe precisasse. Elas se agitam dentro da pequena casa, espanando, erguendo as cortinas das duas janelinhas como se a escuridão as chocasse e enojasse, e então, ao ver a vista da rua de trás através do vidro grosso e ondulado, tornam a baixar as cortinas e limpam as mãos nas saias volumosas. Estão usando vestidos pretos engomados e seus rostos parecem a cera que escorre de uma vela. Para mim elas são bruxas. Zombam e provocam, erguendo um dedo sujo de pó. Minha envergonhada mãe fica catando com uma faca as migalhas presas numa rachadura da mesa.

Crianças e Deus, estão dizendo essas senhoras. Fico chupando alcaçuz e observando. Meu irmão está parado junto à porta com os braços cruzados. Seus olhos têm uma expressão cruel. As mulheres abrem um armário e riem. Meu irmão vai lá e fecha. Então minha mãe está dizendo alguma coisa e chorando.

Que lugar fétido e grosseiro, aquela casa. Coisas viviam caindo aos pedaços e vivia entrando água pelo piso. Quando saímos para a igreja com aquelas senhoras meu irmão ficou. Estavam construindo alguma coisa entre o canal e a fábrica, alguma espécie de muro novo. Lembro que estavam martelando alguma coisa. Minha mãe me disse que fomos à igreja porque ela queria mudar. Não queria mais nos criar numa casa imunda. Aquilo estava transparecendo no meu rosto, falou.

Não vou mentir: era bom ficar sentado ali no banco da igreja ao lado da minha mãe, com sua mão por cima da minha, vendo o coro cantar. De cima do altar pendia um homem de madeira sangrando como por magia, a cabeça abaixada e o rosto ferido, mas sem parecer infeliz. Aquele era Deus, me disseram. Mas eu sabia que não era. Tinha a sensação, como quando estava sozinho na estrada à noite, de que havia algo me vigiando, algo esperando meu tropeço, algo apenas escondido nas sombras esperando para atacar. Esse era Deus. E quando eu adormecia via o modo como Ele movimentava as estrelas pela janela, sentia como escutava meus pensamentos. Eu tentava tomar cuidado com o que permitia ser dito lá em cima quando criança, mas era inútil. Pensava no morto que tinha visto certa vez, atropelado por uma carroça e escoiceado por um cavalo, as entranhas à mostra, a cabeça sangrando e formando uma poça, a perna torcida para trás de um jeito impossível, a mão esmagada. Imaginava qual seria a sensação daquilo, e no começo ficava empolgado ao pensar nisso, depois ficava com medo. O medo era Deus. Isso eu sabia.

Fora Deus quem fizera aquilo, tinha dito meu irmão.

Quando voltamos da igreja, nossa casa, toda a fileira de casas tinha desaparecido, e não passava de uma pilha de tijolos cinza e poeira. Eu sabia que aquelas senhoras da igreja tinham nos enganado. Sabia que elas tinham matado o meu irmão.

Pouco depois das três da tarde ouviu-se um estrondo tremendo; os vizinhos acorreram à rua e descobriram que várias toneladas de peso da fábrica tinham desmoronado em cima do telhado da loja dos Jones e das casinhas das operárias da fábrica na margem sul do canal. Informações foram transmitidas na mesma hora para a polícia, e todos os esforços foram feitos pelos vizinhos para resgatar os soterrados nos escombros. Seis pessoas foram resgatadas com vida, a saber: cinco crianças e a sra. Jones. Várias das operárias da fábrica e algumas crianças foram resgatadas mortas.

É mais fácil assim, bem impresso. Rasgo o jornal, rasgo o papel impresso em pedacinhos e os deixo se espalharem pelo meu colo.

Sinto um tédio sem tamanho nesta cela, e meu estômago se revira pedindo algo que não consigo identificar. Não apenas um trago. Eu confessaria qualquer coisa se pudesse. Mas minha cabeça cobriu de preto tudo relacionado àquela noite. *Aquela noite*, como o advogado a vem chamando. A última coisa que sei de Johnson é que ele estava farto da vida, que me pediu repetidas vezes para ajudá-lo a morrer, e que eu disse não e bebi muito, e que o amava. Não sei o que poderia me levar a matá-lo. Se eu tomasse um trago tinha certeza de que tudo se abriria. Direi isso ao meu advogado. Direi isso ao juiz. Alguém há de me entender.

No dia seguinte meu advogado aparece com um chapéu para eu usar. Ele vai me levar para falar com o juiz. Pede para ver o que escrevi.

Eu lhe mostro o papel em branco, o tinteiro ainda fechado. Sem parecer surpreso, ele se senta na cama, tira o próprio chapéu e inspira fundo.

"Embora eu me compadeça com seu problema de cabeça, esse mau cheiro está realmente insuportável."

Não sei como responder a isso.

Ele saca o cachimbo e começa a fumar, desencavando um jornal do meu colchão e usando-o para abanar a fumaça.

"Não podemos ir falar com o juiz sem nada para dizer, McGlue", diz ele. "Uma alegação de inocência não vai nos levar a lugar nenhum. Vamos dizer a ele que o senhor está doente demais para suportar um julgamento. Que sua cabeça, sua mente e seu corpo o deixaram por demais perturbado. Diremos que o senhor é por demais fora do comum. É isso que faremos. Se Deus quiser, ele pelo menos lhe dará mais tempo. Tudo que o senhor tem de agora em diante é tempo. Entende isso, não?"

Aquiesço. O advogado está olhando para minha cabeça e para a mossa ali. Torna a se levantar para examiná-la. Tira o chapéu da minha cabeça e o pousa no papel em branco sobre a mesa. Tenho certeza de que vai sujar o papel de marrom. Seus dedos em meio aos meus cabelos cutucam, e eu faço uma careta e o afasto com o ombro. Ele expira e torna a se sentar.

"O que foi?", pergunto. Ele está me olhando de um jeito estranho. Aquiesce enfaticamente, com gravidade, e olha na direção da parede. Sua única sobrancelha erguida me diz o que fazer. Caminho até lá, viro-me de costas e bato com a cabeça na parede.

Ele me diz para eu não usar o chapéu.

Essex Street, Prefeitura

Como o senhor ficou assim?

Determinados acontecimentos me fizeram sair da cidade, e fui para o sul, de um lugar para outro, sem pressa, até conhecer Johnson, que meio que me salvou.

Que acontecimentos?

Acontecimentos do tipo que fazem um homem sair de casa e descer a costa de carona e passar as noites em vãos de porta e em becos. O senhor pode inventar o que seria isso no seu caso.

O juiz é um homem mais jovem do que eu esperava. Passa alguns minutos mexendo em papéis e limpa a garganta com um pigarro. O cômodo é mais frio do que o meu, paredes brancas que esfriam o ar, a luz congelada em ripas largas vindas das janelas altas. Estou com fome, eu acho. Estrelas negras vêm e vão. O vermelho nas minhas mãos me faz lembrar. Minha cabeça dói.

Como o senhor explica a morte do sr. Johnson?

Não consigo explicar. Nós estávamos no porto e uns sujeitos me levaram para algum lugar escondido, e quando saí e cheguei no bar me embriaguei e acordei a bordo e me disseram que Johnson tinha morrido, mas no que me diz respeito isso não passa de um boato, já que eu não o vi. Puseram a culpa em mim pelo que quer que tenha acontecido, meu capitão e todos os outros que se pronunciaram. Onde está Johnson, afinal?

Seu advogado insistiu que o senhor não tem condições de ser julgado. O senhor concorda com a avaliação dele? Ele diz que o senhor teve um enorme trauma na cabeça e ainda tem. Isso procede?

Se ele está perguntando se a minha cabeça dói, então sim. Acho que nada me incomodaria se alguém me trouxesse uma bebida, senhor juiz.

Estou ciente do problema que o senhor tem com a bebida. Vários anos atrás nosso presidente falou à nação sobre o tema da sua triste doença. Embora ele tenha dito que a sua fraqueza deva ser tratada como um infortúnio e não como crime ou mesmo desgraça, e embora o tribunal entenda seu infortúnio, sr. McGlue, e o perdoe por isso, seu crime de assassinato é dos mais terríveis e precisa ser reparado. O senhor será levado portanto para fixar novamente residência em sua prisão até sua cabeça e sua mente estarem curadas. Segundo minhas melhores estimativas, seis meses devem bastar. O povo desta cidade quer um julgamento de verdade e isso exige um réu em pleno gozo das próprias faculdades mentais, portanto o senhor se aprume. E o quanto antes melhor.

"Sr. McGlue", digo rindo quando eles voltam a amarrar minhas mãos, que coisa mais engraçada.

"Eles querem um pouco de carne em volta desses seus ossos antes de devorá-lo vivo", diz meu advogado mais tarde.

Howard Street, outra vez

Passei mal de novo. O travesseiro tem uma mancha vermelho--clara e sinto a boca seca. As paredes da minha cela estão roxas e azuis com o poente. Fico observando os cantos à espera do que possa sair deles: um garoto com uma garrafa e alguns trocados, uma lavadeirinha ajeitada e disposta ou alguma Suzie perdida, um cão com um bom graveto para lançar e a garota, sua dona, levantando as saias, e ali está minha mãe nas sombras, meu advogado, e Johnson, meu irmão. Eles surgem por um instante e então tornam a se fundir na parede, sombras tremeluzentes enquanto nuvens passam diante da lua baixa. Sinto de repente aquele constrangedor anseio por uma saia. Irrita-me imaginar minhas mãos sobre aquela carne lisa e flexível, o fedor de açúcar e de mulher, de perfume, os lábios borrachudos a se entreabrir na minha direção, qualquer coisa que eu conseguir arrumar.

Lembro-me de algo. Johnson me puxando até me pôr de joelhos, cobrindo o rosto com as mãos. A lembrança vai e vem. Torno a pensar no meu irmão, e nas minhas irmãs.

Minha irmã menor estava doente. "Tísica", disse minha mãe, e foi implorar ao patrão da fábrica para não perder o emprego, então voltou com um médico e passou dias e dias à cabeceira da minha irmã. Eu teria gostado de saber qual era o problema. Ela ou ficava toda vermelha ou tão branca que parecia cinza sobre o lençol branco.

"Vá para a escola, pequeno", disse-me minha mãe de manhã enquanto afagava a cabeça da minha irmã, eu sujo e com fome, com sapatos no pé errado e sem ninguém com quem conversar.

"Vá para a cama", disse-me ela à noite depois de a minha irmã morrer e ser levada embora, por quem eu não entendi. Mas eu não quis ir para a cama. Fui em direção ao cais. Quero ver se ela vem atrás de mim. É início de primavera e não preciso do meu chapéu, então simplesmente o atiro nuns arbustos e isso me dá coragem, então chuto um pouco de terra nuns cavalos parados diante de grandes portões. Eles bufam e mordem o freio, e desviam os olhares como peixes que piscam.

"Seus jumentos", digo a eles, e chuto mais terra. Então dois homens aparecem e me seguram pela gola da camisa. Eles riem e ficam me passando de um para o outro, segurando meu rosto entre as mãos, segurando-me pelas axilas, então me lançando no ar.

"Qual é seu nome", eles querem saber.

Estou com a barriga machucada mas não quero demonstrar. Quero sair correndo.

"McGlue", respondo.

Um deles tira do colete uma garrafinha de prata e se inclina para trás para beber. Vejo que há manchas na frente da sua camisa, que sua barriga é grande, seu rosto vermelho e opaco feito cera à luz do lampião de rua quando ele toma seu trago. Ele passa a garrafinha para o outro homem. No fim, me dão um gole. É a primeira vez que provo rum.

"Tem gosto de quê?"

"De bala puxa-puxa", respondo. Eles me dão outro gole e eu agarro a garrafinha e me encolho entre as pernas abertas do gordo e saio correndo para algum lugar. Eles me deixam correr e riem, mas tropeço e eles vêm e me chutam e pegam o rum de volta. Fico caído no chão de terra e me sinto bem. Quando volto para casa minha mãe leva o dedo à boca e em seguida aponta para o lugar em que devo dormir junto à porta. Vou até lá e me deito e ainda me sinto igualmente bem dessa vez.

Meu advogado aparece na semana seguinte com um jornal e uma carta da minha mãe. Ela escreveu que está torcendo para eu encontrar forças para continuar, e que não faz a menor ideia de como vou conseguir. Diz que já é viúva há tempo suficiente e já enterrou filhos suficientes para saber em que consiste a verdadeira solidão, e diz que se eu tiver algum bom senso pelo menos irei confessar meu crime e cair em mim para assim talvez ser posto numa cela com outros detentos, caso contrário irei para o inferno. Acredito nela. Esta cela é boa para andar de um lado para outro e para desmaiar, só isso. Fico parado de costas para a parede e cruzo os braços. Meu advogado fala pouco, tira da pasta outro pedaço de papel e me pede para escrever a história daquela noite. Pronuncia aquele nome: "Johnson".

"Onde ele está?", pergunto. Sinto sua falta. Ele me daria uma garrafa e falaria com uma voz tranquilizadora, eu sei. E eu poderia descansar com ele aqui. Embora ele fosse depressivo e embora fosse um tolo, queria que viesse me visitar. Minha mente funcionaria melhor. Tudo que minha mente faz agora é girar em torno de algo que eu preferiria esquecer. Um tempo inútil sem nada a acrescentar. Penso um pouco mais no meu irmão, tento encaixar na mente outra vez as peças do seu rosto. Imagino seu rosto morto dentro do caixão, depois o da minha irmã, depois o meu. Sinto-me pequeno.

"Como está se sentindo?", pergunta o advogado.

Peguei no sono em pé imaginando o rosto morto de Johnson: renda azul sob a pele lívida, colarinho marrom da camisa apertado demais no pescoço, deixando a pele esticada e repuxada e flácida, e isso me incomoda.

"Bem", respondo. Não consigo falar. Eu quero falar. Tem alguma coisa presa na minha garganta, uma pedra talvez.

Meu advogado segue falando, sobre um depoimento e um homem chamado Hayes. Mal consigo escutar. Minha cabeça dói e torno a olhar para aquele rosto morto. Queria que Johnson estivesse aqui.

Lembro-me do meu irmão chegar em casa certa vez com o olho sangrando. Minha mãe o pôs na cama com uísque e me levou consigo para falar com a mãe do menino responsável. Fiquei sentado num toco de árvore enlameado enquanto minha mãe gritava do vão da porta como seu filho poderia ficar cego, como ele poderia morrer e deixá-la sozinha e sem serventia. Eu era pequeno, e muitas vezes fui enxotado para me encolher no canto mais próximo assim, com as costas contra alguma parede. Mais tarde, meu irmão não pediu mais uísque, apenas juntou suas coisas e saiu sem arrumar nenhuma encrenca, depois tornou a voltar ileso.

Sozinho em casa eu me lembro de que fazia frio em quase todos os ambientes, e da emoção que era cutucar o fogo sem ninguém para vigiar, deixando o pensamento vagar. As luzes e sombras ricocheteavam pelo lugar, presas qual relâmpagos nas vidraças, e isso me deixava com medo. Joguei panos no fogo e ele apagou.

Meu advogado agora diz: "Hayes está sendo pago, veja bem, e quanto maior sua pena mais dinheiro no bolso dele. Então quanto mais o senhor ficar aqui sem dizer nada, mais tempo livre eu terei. Vamos falar sobre aquela noite agora. Me conte o que aconteceu depois que o senhor desceu do navio".

"Eu fui e peguei um dinheiro emprestado com Johnson. Mas primeiro fui com ele e outro cara até atrás da igreja para cagar. Lembro disso porque lá tinha freiras brancas vigiando a porta. Então Johnson me emprestou mais do que eu tinha pedido. Disso eu me lembro."

Johnson sempre tinha o dinheiro. Quando me encontrou em Nova York com a cabeça quebrada, o dinheiro dele me pôs na cadeira do médico. Depois de ele pagar o sujeito fui mandado embora e Johnson mostrou ao médico alguma coisa sua. Tentei ficar escutando à porta mas não conseguia me manter em pé. Gostaria de ter sabido o que não podia ser mostrado na minha frente. Também lhe perguntei, quando saímos do médico para ir mostrar ao capitão a carta que confirmava minha boa saúde. Johnson não quis me responder. Então disse que era crupe, o que era mentira. Disse que era uma irritação ou algo assim. Ele nunca tinha mentido antes. É claro que eu sabia o que era. Ele tinha se posto num lugar onde homens demais já haviam estado.

Pobre Johnson, aquele tolo.

E ele suportou o peso de todos os meus malfeitos. Sentiu o que eu não podia sentir. Se estivesse aqui, eu passaria o braço à sua volta, afagaria sua cabeça e lhe agradeceria. Onde quer que ele tenha errado, meus próprios erros foram dez vezes maiores. Era por isso que ele gostava de mim. Acho que gostava de se sentir péssimo. Mas ele não era nem um pouco assim. Ao meu lado é verdade que eu o incluía numa classe de animais imundos, uma vez que eu era assim. Diante de mim ele era um cavalheiro, alguém que mereceria o nosso desprezo. Segundo Johnson, depois de me conhecer seu coração passou a bater um pouco mais alto. Ele se tornou um homem que sabia alguma coisa. Isso o ajudou a ter de me levantar e me levar a lugares. E estudou meu comportamento, experimentou como era pegar o que era seu e não se desculpar. Mas por dentro sei que continuava sendo muito gentil.

"É um começo", diz meu advogado. "Escreva."

Ele se levanta para chamar o guarda e veste o sobretudo. Constato que quero que ele fique.

"Como está o tempo?", ouço-me perguntar.

"McGlue", diz. "Isso não significa nada para você."

Minha mãe chorou, chorou. A essa altura eu já era quase adulto e tinha meu próprio cantil, e conseguia correr mais depressa e me esconder da maioria dos homens-feitos, e meus olhos já tinham ficado roxos algumas vezes em brigas, e eu e Dwelly éramos clientes assíduos do The Long Shore, e a essa altura eu já tinha tido intimidade com algumas saias. Nenhuma delas conseguia me afastar do bar por muito tempo. Minha mãe chorava toda vez que eu entrava pela porta. Depois de algum tempo parei de ir para casa. Eu e Dwelly tivemos a ideia de descer até Boston e ficar sem nossas mães, de encarar a vida do jeito que quiséssemos. Só que na hora que tínhamos combinado de ir embora, Dwelly não quis, então fui sozinho.

Arrumei um emprego cuidando de cavalos de diligências que subiam e desciam até Lowell. Graças a mim eram uns animais desgrenhados, malcuidados, e eu trabalhava com um homem igualmente mergulhado no rum. Passávamos nossas noites no feno, às vezes quase congelando e vendo as bufadas vaporosas e os relinchos dos cavalos pairando no ar como as nuvens de um barco a vapor. Bebíamos e nos enterrávamos fundo no feno e ficávamos conversando, em algumas noites fazia tanto frio que me encolhia no seu colo feito uma criança. Não recordo seu nome, mas ele falava com um sotaque pastoso e arrastado de outro país, e me lembro que tinha a mesma comichão que eu. Falava bastante em mulheres, suas virtudes, seu fedor e seu suor. Eu não entendi muito do que ele dizia e nem me importava.

O pouco de dinheiro que me era entregue no final do dia, com metade dos cavalos alimentada e langorosamente escovada e eu já meio dormindo, ia gastar no Eastern Standard. Lá havia homens endinheirados e homens sem dinheiro. Eu ficava parado nos cantos escuros observando quem quer que pedisse uísque de centeio e balbuciasse palavras, chutando a serragem do chão e me olhando de um jeito estranho. Se houvesse algum dinheiro a ser ganho eu ganhava. Será que aqueles homens com relógios de bolso e mãos limpas não tinham nenhum jeito melhor de passar o tempo sem estarem sozinhos? As meninas estavam ocupadas, dizia a mim mesmo. Os quartos daqueles homens mal eram mobiliados, e eu não me importava com o que quer que eles quisessem. Pelo menos significava mais um trago. Quem poderia me culpar? Eles me chamavam de Nicky Bottom. Meu nome não era Nicky. McGlue eu mantinha em segredo, e assobiava para todas as mulheres na rua o mais alto que conseguia. Havia uma, outra garçonete, que surgia de vez em quando entre meus braços sob o lampião a gás. Ela me dava bebida de graça, bebidas caras: Benedictine, gim Old Tom. Meu estômago na época era mais forte, e eu conseguia beber qualquer coisa e mascar uma cebola e nunca fraquejar. Um policial certa vez me procurou com alguns dólares e me levou para um quarto, pediu-me para sentar e ficar olhando para ele. Deixei-o fazer o que queria, seu rosto ficou vermelho e no final eu gargalhei e chutei sua cadeira. Ele não me deu dinheiro depois disso, mas foi uma história para ficar revirando na cabeça. Viados, todos eles. Algumas vezes eu entrava numa diligência e via Lowell. Não conseguia me virar lá de jeito nenhum, e me sentia grato pela cidade grande com sua fumaça e suas cartolas onde eu podia me perder.

Lembro que na época eu mal sabia ler. Até mesmo um letreiro exigia algum esforço. Conhecia as letras e sabia como eram, mas quando precisava me demorar para descobrir seu som, exceto quando tinham um significado tão óbvio quanto "estrada" ou "rua" ou "cidade", eu acabava desistindo e usava a intuição. Era como se parte do meu cérebro tivesse ficado afiada com toda aquela bebida, com o buraco na minha cabeça. Melhor ler do que ficar sentado falando, ou pensando. Meu advogado me deixou o *Daily Atlas* de ontem. Olho na coluna "Mercadorias" a condição do Genuíno Metal Amarelo de Muntz recém-chegado de Liverpool, Cimento Hidráulico, melhor do que Lixívia, está escrito, e Couros de Bezerro, Vinho de Málaga, Pavios de Algodão. Um artigo anuncia a venda de móveis de segunda mão, fogões, pianos-fortes e cofres de ferro. Finíssimos Artigos Chineses, em laca e douração, me fazem pensar naquele outro Cristo, a turbidez de um lado do mundo substitui o outro. Já estive na China, acho. Quantos podem se gabar disso? Todos os rostos no frio como se pintados num biombo, lamparinas vermelhas e frio, talvez eu me lembre.

Talvez eu me lembre do porto e do pequeno caminho calçado de pedra que ia dar numa espécie de estalagem com chaleiras fumegantes do tamanho de um homem junto à porta, um letreiro pintado de vermelho e dourado balançando ao vento. Fazia frio. Uma velha senhora varria a neve em frente à porta e nos conduziu na direção do cubículo iluminado por uma lareira, onde nos sentamos em divãs que de tão baixos faziam nossos joelhos encostarem no peito. Moças apareceram trajando várias camadas de frágeis roupões bordados e requebraram diante do fogo sobre pés menores do que o meu punho fechado. Sua pele reluzia dourada à luz do fogo, como untada de gordura. Quem foi primeiro com qual delas não me lembro. Johnson demorou bastante, acho eu, e voltou pior do que tinha saído. Ri dele e juntos saímos atrás de algo para beber. Era bom. Nós chamamos de vinho amarelo. Então não estava mais tão frio. Deveríamos ter voltado para dormir no navio, mas fiquei e Johnson veio de manhã e me encontrou. Eu ainda estava acordado, zanzando feito um cão perdido por sinuosos becos de tijolos marrons e congelado até o osso. Crianças e mulheres apareceram berrando e apontando. Era Johnson. Sorridente, acenando e mostrando o caminho. Perguntei-lhe se gostaria de voltar à estalagem e ele não disse nada. Havia muito trabalho a fazer no navio, carregar, limpar, tudo isso. Não sinto falta nem um pouco desse trabalho. Só dessas vezes com Johnson. Era difícil mantê-lo próximo no navio. Quando eu o conseguia só para mim estava sempre encrencado ou passando mal e ele estava bravo. Eu também ficava bravo. Não consigo me lembrar do que me deixava tão bravo.

Pensar em Johnson me dá dor de cabeça. Ele deve estar lá dentro me cutucando o cérebro com uma unha comprida. Posso imaginá-lo imprensado lá dentro observando horrorizado a podridão e a lama se agitarem, abanando o sobretudo para mantê-lo limpo. Eu conhecia todos os seus gestos, todas as suas pequenas manias. Quando queria me acordar, ele erguia dois nós dos dedos e com eles me moía o crânio. Pousava suavemente a palma da mão no meu queixo para me firmar. Tento fazer isso com minha própria mão. Funciona para me acordar um pouco outra vez. Sinto um cheiro forte e meus olhos lacrimejam, meu próprio fedor subitamente tão aparente quanto as paredes nuas e lascadas. Era a isso que meu advogado estava se referindo. Um cheiro misturado com qualquer que seja a bebida que meu corpo verteu. Inspiro profundamente. Johnson não se importaria com esse cheiro. Ele já passou por coisas piores comigo: o fedor azedo e invasivo dos marinheiros, tanques de peixe podre, latrinas, a onda de cheiro ruim quando tirávamos as camisas, semanas de fedor acumulado. O que meu advogado espera? Aquele advogado. Esqueci seu nome. Tento me lembrar, tento espantar o fedor para baixo em direção ao chão, agitar o ar com o jornal dobrado. Vamos conversar, Johnson, é o que quero dizer. Você viu aquele advogado velho? Ele é minha única companhia. Ora, Johnson, por onde você andou? Meu advogado disse que você morreu. Ha ha!

Meu advogado diz que você morreu.

Estou preocupado agora. O guarda pigarreia e sua cadeira range e o sol entra pela janela e eu continuo respirando e estou preocupado. Fico encarando o canto pensando que Johnson vai aparecer, que vai se materializar das sombras dispersas, tomar forma, chegar perto e pôr a mão no meu ombro. A cama se sacode com minha própria respiração apenas. Nada de Johnson. Agora entendi. Ele está morto, exatamente como eles vêm dizendo. Penso em bebida e choro mais. Mas nenhum tipo em que eu consiga pensar poderia consertar isso. Johnson morto. É isso que eles vêm dizendo, por isso têm perguntado. Só agora escutei. Abaixo minha própria cabeça e rezo para morrer.

Taiti

Faz dois dias que estamos aqui. Dizem que o povo está celebrando os ritos da primavera, mas aqui faz o mesmo calor do verão no inferno. Tenho me sentido bem, jantado carnes assadas e um rum escuro suficientes para cantar animado, algo que raramente fiz, e estar na companhia de homens sem sentir ódio. Há muito a se aproveitar aqui agora: as danças embriagadas dos nativos baixotes, o sol, a praia, o mato alto. Johnson e eu passeamos pelos canaviais, encontramos uma pontezinha sob a qual descansar e tirar um cochilo. Quando acordo, Johnson está deitado ao meu lado parecendo um afogado. Tem os olhos bem abertos. Ele se levanta e olha para mim. Lembro desse dia pelo que me contou.

"Quando voltarmos para casa eu não vou morar em Salem", diz Johnson. "Vou para o sul, onde há campos como estes daqui, mas não o mar. Não estou feliz em como estou agora. Eu poderia morrer nesse navio, McGlue. Não há nada a não ser corações escuros. Preferiria morrer."

Assim ele falou, e ao falar seu rosto ficou sério como o de um homem com o dobro da sua idade. Ele me encara com olhos pesarosos, vermelhos.

"Eu tenho dinheiro, sabe", diz.

"Imaginei." Aquiesço.

Esse não era o Johnson que me encontrou morto em Nova York, me jogou na sua carruagem e me disse para calar a boca, beber e respirar. Não era o homem que me amarrou com lençóis na casa da irmã e saiu para fazer o que queria até eu estar em condições de andar, mandar o mundo se foder e tal. Aquele parecia um cavalo corcoveante, batendo em portas e cruzando os braços e sem nunca se preocupar. Seria capaz de derreter uma espada se você tentasse cortá-lo com ela. No canto, com um ar de quem acha graça, irrequieto e rápido no gatilho, esse era Johnson. "Vá falar isso para uma árvore", dizia ele toda vez que eu reclamava ou me gabava e implorava. Mesmo assim, tudo que fez comigo foi para salvar minha vida. Me dava migalhas de pão para comer na cama à noite, tudo que eu conseguisse não botar para fora, me ajudava a beber e nunca me negava qualquer tipo de bebida. "Tenho um sonho de nós dois em alto-mar", tinha dito ele. E feito isso acontecer. Ele era assim: ardente de desejo e coragem, inebriado assim. Eu tinha muito em comum com ele, bêbado de bebida e jantado e com a boca cheia de um profundo significado, babando, com a cabeça parcialmente afundada por ter caído do trem. Ele tinha mudado completamente daquele bobalhão que me encontrou congelando na mata perto de New Haven. Tinha virado, verdade seja dita, uma espécie de monstro. Falava em matar o pai, a ira e a sede de sangue deixavam sua bela testa enrugada. "Você me ajudou", ele sempre dizia. Eu entendia o que ele queria dizer. Mandar o mundo se foder e seguir em frente, foi isso que lhe ensinei. Ele parece ter caído do seu próprio trem quando agora balança a cabeça, fica com o olhar anuviado e enxuga as lágrimas com o punho da camisa desabotoada. "McGlue?", pergunta, e depois não diz mais nada. Johnson teria enterrado as mãos no meu cérebro para tirar aquela única mola tão enferrujada. Mas não. Curvado e dolorido e encharcado de pessimismo, este não é aquele homem.

Faz três dias que estamos aqui. Hoje os homens se detêm diante do cortejo de habitantes fantasiados da cidade, bebem direto da jarra, cospem, provocam-se pelos costados recém-engalanados e correm para o bordel. Johnson e eu vamos junto. É um pequeno barraco cor de bronze e castanho, recém-pintado para o dia de celebração. Elas estão sentadas atrás de uma cortina num banco de ratã cheio de baratas. A cortina é bordada com as plantas e os motivos marinhos tradicionais: flores vermelhas e cor-de-rosa, uma onda imobilizada no ato de quebrar flagrada com a boca aberta, cuspindo raios azuis de linha. Toda vez que um homem sai e outro entra, nós todos nos levantamos e nos apertamos as mãos. Eu rio de cada um deles e recebo como retaliação soquinhos nos ombros, e espero a minha vez. É um dia claro e jogado fora. Há um cachorro caramelo deitado perto da porta. Johnson se levanta para ir fazer festa no bicho.

"Ele quer o cachorro", diz um dos homens para a mãe morena e gorda.

Johnson se ajoelha para encarar o cão nos olhos. Como sei que ele é cativado por cachorros, não o incomodo.

"Vai ver até já foi com o cachorro", continua outro homem.

Não fico mais surpreso com os fracassos regulares de Johnson com as mulheres. Ele se torna distante e zangado quando termina, não tolera falar no assunto. Já o provoquei algumas vezes e passei os poucos dias seguintes tendo de encarar seus dentes cerrados, seu rosto afogueado e seu silêncio. Chegou a me dar um soco, coisa que me fez rir. Agora apenas me calo. Estou de pé. Fico parado e peço ao viado para segurar minha faca. Ele aparece de vez em quando e fica espiando através de uma cortina em troca de quantas garrafas eu considerar que aquilo vale. Faço tudo isso só por diversão.

Mais tarde, Johnson e eu voltamos para o navio e vamos nos sentar na proa, onde ficamos olhando o céu sem necessidade à procura de temporais e bebendo. Johnson encara as nuvens esparsas com a mesma seriedade de um homem que reza. O capitão dorme abaixo do convés. O navio ondula e bate no cais.

Johnson saca sua faca e lambe o fio. Fico apenas sentado observando. Ele cospe sangue na espuma que passa veloz. Saco minha faca de cordame e corto as gengivas com um travo de metal, sentindo o gosto para ver o que quer que Johnson considere um sabor bom, ou sabor de alguma coisa.

Ele está irritado. Atrás dele a ilha está coberta de ouro e especiarias, e supostamente isso seria da sua alçada mas faz dias que não mostra interesse pelo nosso trabalho. Diz ter pouco apreço por esses homens. Eles são jovens e belicosos, pretensiosos e sem graça, e o consideram sarcástico e deprimido e atormentado, motivo de pena e medo. Ele me diz tudo isso e cospe no porto cinza. Fico olhando para ele e mamando sozinho da garrafa, pensando em como decerto precisa de um tipo especial de prostituta ou de outra coisa, não sei. Então Johnson torna a pegar a faca e a atira no mar. A faca cintila no sol ao raspar a superfície e o brilho salta e se reflete em seus olhos como algo feliz, como a primavera. Mas ele apenas esfrega os olhos com a base das palmas das mãos e fica olhando para baixo. Nosso reflexo na água se estica e estremece.

Ele se levanta e rapidamente mergulha. Diz que encontra a faca enroscada em algas marinhas. Torna a subir a bordo pela corda ancorada e tem outra ideia, então tira as botas molhadas e se levanta num pulo e percorre a retranca com a faca entre os dentes e escala o mastro. Com os braços abertos como um morcego, segura a vela mestra dentro dos punhos fechados e, pendurado por um dos braços, corta e rasga o que consegue. Os buracos nas velas não representam grande coisa. Quando torna a descer, ele enxuga os cantos da boca para ver se há sangue usando a vela rasgada, limpa a faca na perna da calça e sai correndo desabalado pela praça de pedras quentes em direção à cidade.

Talvez seja meu destino segui-lo até lá, mas o mar que se move é tão agradável que me sinto bem assistindo àquilo e ficando tranquilo, deixando o rum fincar raízes e aquecer meus ossos. Johnson me chama: "McGlue!". Ultimamente tenho sido mais um cão de guarda para ele do que ele para mim. Alguém para quem apontar as coisas, para quem franzir o cenho, para quem estar pronto com uma piada grosseira. Por um minuto me preocupo ao pensar em Johnson na cidade sozinho, com a faca em riste e sem ninguém a quem recorrer neste estranho lugar. Mas o sol está brilhando e eu dessa vez estou conseguindo respirar. Por quê? Esse rum é bom. Passamos semanas a bordo bebendo apenas cerveja estranha.

Recordo minha primeira vez com uma dama. O cheiro como de repolho cozido. Quaisquer alegações que eu jamais tenha feito sobre amar uma mulher desprezada não passam de meias-verdades. Eu as amo mais quando elas estão sofrendo muito e cheias de ira. Gosto de jogar determinados jogos. Minhas mãos no pescoço delas é um dos meus preferidos: toda aquela carne macia e cartilaginosa para apertar. Essa prostituta aqui da ilha era pequenina, tímida e estava nua, sentada de costas para mim quando entrei. Eu não tiro a roupa, apenas vou até a cadeira e desafivelo o cinto. Tem um jeito de fazer, depois outro. Tento não ver seu rosto. Seu quadril estreito está rígido e estranhamente torto no meu colo, as costas vergadas como uma flor murcha. "Razoável", digo depois de algum tempo, levanto-me e vou embora. Isso foi ontem. Os outros homens se provocam e se incentivam e dão tapas nos traseiros uns dos outros e se gabam e contam histórias. Eu escuto porque gosto. Johnson apenas se afasta.

Johnson no bordel de Victoria. Uma gorda com argolas de ouro no nariz e nas orelhas. Não foi nada bom. Johnson ficou bravo e foi embora. Vi seu colete com apenas um botão aberto. E Johnson no bordel da Cidade do Cabo. Num lugar onde nunca tínhamos estado, a pele como carne quente tirada de uma grelha. Ele saiu bufando e segurou meu braço. "Não entre aí", falou. "Não quero saber o que você faria com isso." Mas eu entrei mesmo assim, joguei a garota de um lado para outro de jeitos que achei engraçados, depois tornei a sair e fumei um cachimbo que um velho me passou. Foi bom.

E Johnson no bordel de Salem. A saleta de uma mulher qualquer na St. Ides Street, acima de uma loja que não vendia nada que eu algum dia fosse comprar. As meninas no andar de cima tinham os cabelos um de cada cor. Johnson escolheu a de cabelos pretos. Uma coisinha bonita de pele clara e olhos escuros e saltados, as sobrancelhas escuras. Mas isso tampouco foi bom o suficiente.

"O que você está esperando? Pelo menos se divirta um pouco com elas", disse-lhe.

Ele só fez encolher os ombros e me puxou pela manga da camisa. Nessa época era muito inclinado a entrar em brigas. Era como se qualquer coisa o deixasse fora de si, juntasse o seu punho fechado com a quina ossuda do maxilar de outro homem qualquer. Isso eu entendia. Havia coisas melhores do que mulheres. Eu também tinha minhas próprias ressalvas.

Por exemplo, qualquer coisa relacionada a um bebê de peito me fazia fugir correndo. Algo em relação a esse tipo de lembrança. Minha mãe carregando minha irmã pendurada num pano. Meu irmão lhe passando uma coisa qualquer e eu num canto, tapando os ouvidos e sentindo ânsias de vômito. Aquele jorro quente do que fazia as vezes de amor, minha mãe. A primeira coisa que detesto nas mulheres é esse cheiro.

"Saia da frente, pequeno", dizia ela quando eu estava no seu caminho, e eu com frequência estava no seu caminho. Eu era sempre o "pequeno", nunca chamado por meu nome correto, do qual a esta altura nem sequer me lembro mais.

"McGlue", diz Johnson, pegando seu casaco e avançando em direção à porta do bordel. "Vamos sair e achar alguém em quem bater."

Quando Johnson reaparece é dentro de um redemoinho nas águas de uma baía a uns bons dez minutos a pé de onde o vi no navio pela última vez. Fundo o suficiente dentro d'água, mas não longe o suficiente para não ser visto, ele grita me pedindo para salvá-lo, agitando com os braços as ondas volumosas. Por algum motivo eu sei que tudo não passa de encenação. Que homem entra por vontade própria numa água tão funda a ponto de precisar ser salvo? Ele com certeza perdeu a razão. Não vou nadar até lá. A água salgada, assim como todas as coisas que penetram em feridas, preenche meu crânio, me deixa tonto e morto.

"Vão até lá", grito para os homens. Eles vão, tirando casacos e chapéus e botas, cada qual levantando mais água do que o outro para ver quem alcança Johnson primeiro. Fico olhando com as mãos enterradas na areia, tateando-a, ainda sentindo o sol morno no rosto. Sinto-me quase um anjo ali. Mais tarde comerei um pote de mel, penso. Qualquer coisa doce que conseguir encontrar. Vinho seria bom. De algum tipo que eu nunca tenha tomado. Mas quando tiram Johnson da água ele cambaleia e cospe e tem os olhos vermelhos e desaba ao meu lado e fica ofegando.

"Eu poderia ter me afogado", diz para mim.

"Eu já me afoguei várias vezes", devolvo-lhe.

Ele pousa a cabeça na areia e fecha os olhos. Os homens ficam em volta esperando, pingando como se tivesse chovido, também ofegantes.

Não tenho pudores para chamá-lo do covarde que ele é, mas não agora. Acho que fez jus a um pouco dessa encenação. E eu realmente a encaro como uma encenação. O verdadeiro Johnson não seria tão maricas. Ele cuspiria no pé de qualquer homem caído de joelhos, cuspiria em seus olhos remelentos e viraria as costas. Esse Johnson mais parece um bebê chorão.

"Eu quase morri, McGlue", está dizendo ele, subindo uma das mãos por meu tornozelo e apertando minha canela como se isso fosse reconfortá-lo.

"Coitado de você", falo, rindo. Desvencilho a perna e o chuto nas costelas não com muita força.

"Levante, Johnson", digo. E ele assim faz. Decido não provocá-lo mais. Juntos voltamos andando em silêncio para o navio.

De manhã ele alega ter sido apenas alguma coisa que comeu. Alega mal se lembrar, mas mesmo assim me pede, o que eu repetidas vezes levo na brincadeira, para acabar com ele de uma vez.

Mas eu não mataria Johnson. Ele gostava de levar uns safanões, porém. Se estivesse aqui eu socaria seu rosto até ele rir. Isso o deixava alegre, como inebriado de prazer. Eu era bom em alegrá-lo quando ficava bêbado do jeito certo, o que não era frequente. Foi depois de um tempo sem beber, quando a cerveja do navio tinha um sabor agradável.

"Me conte uma piada, Mick", pedia ele.

"Vamos chamar o viado aqui e nos divertir um pouco."

Esse viado já tinha aguentado poucas e boas de nós dois. Nós o fazíamos baixar a calça e meter numa garrafa. "Beba isso, Johnson", eu o fazia beber. Isso produzia nele, Johnson, uma grande histeria. "Enfie você sabe onde", dizia eu ao viado. Isso também me afetava. Às vezes minha vontade era jogá-lo contra a parede com a garrafa enfiada, espatifá-la, vê-lo sangrar.

Mas esse viado era quem estava encarregado da bebida. Mesmo que ele gostasse dessas brincadeiras que eu fazia com ele, eu não podia ir longe demais, não podia deixar seus olhos demasiado roxos. Mas Johnson e eu sabíamos que ele queria nós dois, do jeito errado. Isso nos impedia, Johnson e eu, de conversar muito intimamente quando nos deitávamos lado a lado para dormir numa noite fria no navio. Apenas essa ideia no ar entre nós.

Howard Street

"É um bom começo", diz meu advogado. O elogio, por algum motivo, me enoja. Soco a cabeça com os punhos fechados.

"Pode me chamar de Foster", é tudo que diz.

"Foster", chamo eu.

Ele me trouxe um livro para ler. É aquele livro.

"Se alguma coisa chamar a sua atenção, me fale", diz, e bate nas grades para acordar o guarda. Antes de sair, tateia meu crânio. Dedos macios e enrugados afastam delicadamente meus cabelos. Penso em agarrá-lo pelo braço e jogá-lo na parede, mas a tentação logo me abandona. É uma espécie de ternura que eu desconheço. Ela me deixa enjoado.

"O senhor está melhorando", fala, empurra o livro pela mesa na minha direção e sai.

Mas não estou me sentindo bem. Minha vontade é dormir, uma luz branca penetra minha visão como uma tocha de luz do sol no meu cérebro. Como uma seta de fogo. Na verdade há meses não sinto o sol. Está quase escuro lá fora. A janela mostra um céu cinza, impiedoso, o que é bom, acho eu. Fico vendo o lugar escurecer, amassando o jornal que Foster deixou na mesa ao lado daquele livro.

A data me espanta. Apenas alguns dias desde que fui posto nesta cela, os cabelos já crescidos e cortados, tantas garrafas deixadas por beber. Meus olhos meio que se fixam nas letrinhas miúdas que parecem formigas num piso de pedra caiado.

"Por mais venenoso e pernicioso que possa ser o temperamento americano, não há uma brisa sequer que varra o oceano sem trazer marés de infortúnio, mais espantosas do que qualquer coisa que possa surgir em nossa própria terra."

Só por desencargo, abro o livro que Foster me deixou. Quero ver se Deus em pessoa irá guiar meu dedo até uma resposta. Sendo que a pergunta é: por que o infortúnio, por que essas marés? Por que não apenas a brisa e o oceano? Por que eu?

"E quando estiver em pé rezando, se tiver alguma mágoa com alguém, perdoe."

Fico em pé. Fico em pé rezando, só para ver o que acontece. Tudo que sei é que levo a mão ao coração. Não há nenhuma verdadeira maldade ali, tenho certeza. Mas ele está vazio.

"Johnson", digo então para a cela escura. "Venha e me traga uma ou duas barricas, faça essa melancolia desaparecer e me conte uma piada. Qualquer coisa", digo.

Só por desencargo, dou um soco na cabeça. Penso em fazer uma oração de verdade, e quase faço. Johnson sempre me disse para fazer pedidos às minhas próprias mãos, não às estrelas. Penso nisso. Beijo cada um dos meus dedos, vejo o jornal flutuar até o chão como as asas de um morcego cansado.

E ele aparece.

Está de casaco vermelho e usando um chapéu do qual vou zombar. Mas seu rosto já está rindo.

"McGlue, seu saco de pancadas", diz. "Que moleza é essa?"

"Cresci cinco centímetros desde que me jogaram aqui. Consegue me tirar daqui?"

"Dinheiro eu tenho", é a sua resposta. Ele não passa de uma disposição cambiante de luzes que minha visão borrada desenha. Eu sei disso.

"Estão dizendo que eu te matei", digo-lhe mesmo assim.

Preciso ficar torcendo constantemente minha visão, puxando as pálpebras com os dedos para ele não desaparecer.

"Matou mesmo, McGlue", diz Johnson. "Eu sinto muito", diz ele.

"Você está bravo?", pergunto.

"Não estou", fala. "Mas queria que você se lembrasse."

Ele sumiu. Um pombo cinza que ficou arrulhando em seu rastro se move nervoso e fecha cuidadosamente as asas, empoleirado no canto da minha cama.

Port David

Se preciso escrever sobre o que tem me afligido, escreverei.

Em que país estou, não sei. Estou acordado numa estrada. Levantei-me e caminho a passos largos em direção à torre de um relógio. Minha sombra está comprida e escura e se dobra quando movo a cabeça ou avanço um passo em direção a alguma coisa. É minha cabeça balançando e praguejando. Sinto como se tivesse chifres. O zumbido de insetos ocultos pipila como uma serpente no meio da grama. Ainda não sei onde estou.

Alguém chama. Se chama a mim, não sei. A língua poderia ser a minha mas não consigo distinguir as palavras. Um sino toca não sei quantas vezes. Pessoas emergem de um pavilhão sombreado sobriamente trajadas com luvas brancas, ternos, chapéus de abas largas. Como saber onde me esconder? O sol se estica como um homem prestes a desferir um soco.

"Gringo", diz uma criança pequena, e aponta. Distingo seu rosto. Um sorriso retorcido de desdém.

Já ouvi essa palavra antes. Significa que sou algum tipo de demônio. O diabo em pessoa, quem sabe. "Eu o conheço bem", é minha vontade dizer. "Mas não sou isso."

E agora sei onde estou. Parto em busca de mais. A luz está entrando na minha cabeça, estou quase chorando. Por um vão da praça vejo o porto. É para lá que eu deveria ir. Mas primeiro, um trago.

Passo por um beco onde o sol não bate. Promissor. O cheiro é característico em meio à poeira queimada de sol e ao vazio.

A porta não passa de um pedaço de madeira velha apoiado no batente. Já do lado de fora posso ver o bar comprido, as garrafas, o traseiro e as costas vergadas dos que estão sentados segurando seus copos. Um deles bate no bar pedindo mais um. É aqui que eu estou.

Entro e ninguém se vira para me olhar. Paro diante do balcão e aguardo a atenção do homem. Ele me ignora.

Então o vejo na mesa. Ele está de chapéu. Eu o conheço. É Johnson. Sem perguntar sei que está ali porque é assim que iria me encontrar, no bar.

"Compre uma bebida para mim, seu lacaio", digo-lhe, quase emborcando a mesa ao dar um soco no seu ombro.

Ele diz alguma coisa que eu não entendo e uma moça aparece com duas garrafas. Johnson põe uma no bolso e desliza a outra até minhas mãos abertas.

"Estamos indo embora", diz.

"Por mim tudo bem."

Esvazio uma das garrafas e a largo girando na mesa. Johnson fala: "Espere chegar no navio para beber a outra".

"Mais uma saideira", digo.

Ele pega mais duas garrafas no bar e saímos para o beco escuro, e eu, bebendo, atravesso a praça quarada de sol em direção ao porto. A bordo, não consigo recordar o mapa do navio. Esbarro sem parar em cordas e caixas nos finais de corredores revestidos de tábuas sob o convés.

"Sem desculpas esfarrapadas", escuto. É o capitão. Ele parece recém-barbeado. Meu próprio rosto está coberto por pequenos fios duros cujo único efeito é lhe dar uma aparência suja. Uma espécie de sujeira, as coisas que brotam de mim. Significa que eu tenho sujeira bem no fundo de mim. Uma cabeça cheia de sujeira, talvez, depois de tomar algumas, uma sujeira gostosa e macia. Tirando isso sou elétrico, olhos famintos como os de um lobo exilado, mas tenho o aspecto de um menino nervoso, andando por aí aos risinhos em busca de algo, de outra bebida.

Que tédio seguir contando isso. O advogado sabe quem eu sou.

Eu sou um bêbado.

Levei algum tempo para entender isso.

Eis como sei. Como sempre foi, eu não sei nem falar nem me mexer nem dormir nem cagar. Acordo de manhã com a cabeça numa prensa. A única solução é tornar a beber. Isso me deixa quase contente. Faz maravilhas para desviar meu pensamento da dor e da pressão de manhã. Depois dessa primeira bebida consigo usar meus olhos, lembro-me de como se alinha os pés e consigo andar, relaxo a mandíbula, mando alguém sair da minha frente. Então fico cansado. Reclamo e preciso me deitar. Me deito, sinto vontade de beber. Não consigo dormir sem antes ter esquecido meu nome, meu rosto, minha vida. Se devesse ficar sentado ou deitado quieto num quarto com alguma lembrança de mim mesmo, do tempo que ainda me resta a viver, dessa terrível sentença, desse inferno, eu iria enlouquecer. Meu trabalho no navio é uma piada, às vezes obrigado a jogar fora a água que entrou por algum furo como dentro da minha cabeça, às vezes forçado a voltar para a cama e sangrar, como dizem. Por que ainda não me jogaram no mar, estou esperando. Quem está louco é Johnson pelo jeito como olha para mim, como me ignora, como vem me procurar à noite com o rosto coberto de lágrimas e de muco, dizendo: "Estou louco". Ou não. Talvez o louco seja eu. Minha mãe diz que sou filho do demo. Como ela poderia estar enganada?

Salem

Saí no jornal. Está escrito na primeira página, tudo: meu comportamento aberrante, minha arrogante negação, minha masculinidade questionável, e assim por diante. Sou comparado a um cachorro sem um único pingo de moral no corpo. Dizem que o juiz deveria ter me abatido, como chamam. Abatido onde? Eu quero saber. Não poderia haver lugar mais baixo do que esta cela de prisão. Tirando a única ida ao tribunal, há meses não sinto o ar fresco no rosto. Ninguém me passa uma bebida, ou brinda comigo: "À República". Às vezes ouço os guardas fazendo piadas, rindo. Ouço a cadeira rangendo quando um deles se inclina para trás, coça a cabeça, boceja. Eles devem ficar olhando o relógio para ver quantas horas mais precisam ficar sentados ali, cuidando para eu não me matar. Tempo. Quanto mais até pegarem seus sobretudos e saírem para o mundo? Isso me mata. Difícil não querer morrer. Já estou definhando aqui dentro dia após dia. Às vezes exercito meu rosto para não ficar aleijado, para não esquecer como se sorri ou como se franze o cenho. Tirando isso tenho apenas as bochechas e a boca flácidas, a barra frouxa do maxilar que se balança quando viro a cabeça para um lado e para o outro.

Foster aparece a cada poucos dias para colher minhas confissões. Não parece desgostoso, embora diga que o retrato que pinto é excessivamente detalhado. "Não vamos jogar fora os detalhes", diz. Parece estar tendo uma ideia de como Johnson é, e me preocupo de o ter pintado demasiado frágil, como um menino rico sem estofo. Deveria consertar isso. Foster vai querer que eu conserte. Eu lhe disse que tenho tido visões, ouvido vozes. Ele diz que reza para serem sinais de que as minhas lembranças estão curando meu cérebro. "Mas", diz. "Seja gentil com esses visitantes. Se o senhor os irritar, eles podem causar um caos que ninguém imagina."

Agora preciso pensar em Johnson. O filho amado, herdeiro e bem-criado, e o belo rosto parecendo uma imagem vendendo ouro. O rosto de um homem capaz de convencer o outro de qualquer coisa. Ele falava com frequência sobre o valor das coisas, sobre seu custo em comparação a quanto fora necessário para fabricá-las. Relógios de bolso e sobretudos elegantes, livros e chapéus, um vinho de qualidade. "Quero saber de onde as coisas vêm", disse-me ele. Tinha muito mais conhecimento em relação ao mundo, ao mapa do mundo. Contou-me haver diamantes da mesma cor do sangue, sereias, ervas capazes de dar a um homem a vida eterna. E eu batendo perna de mascate por Salem feito um boneco de corda à procura de uma teta de vidro para mamar. "Vamos partir", disse ele. "Eu pagaria até a passagem." Mas ele não precisou se esforçar muito para arrumar trabalho naquele navio, e junto com ele também eu. Parecendo um passageiro clandestino, subi no navio no dia da partida com Johnson me abrindo caminho como se eu fosse um príncipe. "Ele não está se sentindo bem", foi a sua explicação para o fato de eu estar todo sujo de vinho, cambaleante, sorrindo com ironia e levantando o dedo para dizer alguma coisa, então esquecendo e tornando a avançar aos tropeços.

"Ponha-o na cama", dizia Johnson ao viado toda vez que eu precisava me debruçar na amurada para vomitar ou era pego pelo balanço das ondas e caía estatelado no convés. Aquele viado de mãos pequeninas afofava o travesseiro e alisava meus cabelos. Sinto falta de ser ajeitado assim, posto na cama. Johnson acabava aparecendo para ver como eu estava evoluindo. Ajeitava minhas cobertas. Punha uma das mãos frescas na minha testa, baixava minhas pálpebras com a ponta dos dedos como quem dá repouso eterno a um cadáver. Era carinhoso. Ele às vezes podia ser muito carinhoso, mesmo quando estava andando às pernadas por aí feito um cavalo de raça. Nunca me segurava com força nem me afastava. Dizia-me que não era culpa minha toda vez que eu tornava a beber. "Tente outra vez", falava. Eu aquiescia e sorria, então escorregava num trecho de gelo da estrada assim que aportávamos, batia a cabeça com força e ia conversar com as estrelas. Toda noite ele dizia isso. "Amanhã você tenta outra vez."

"Ah sim", falava-lhe. "Amanhã. Só mais um último trago." Ele nunca me negava um. Não consigo entender como fazia isso: sempre tinha uma garrafa no bolso só para mim.

Foster é um substituto sofrível para meu bom e velho amigo. Seus jornais constituem bons presentes, é verdade. O de ontem tinha um pequeno desenho de mim: meu rosto num corpo grande que lembrava um rato, com pequenos chifres, arrastando presa ao tornozelo uma âncora coberta de algas. O rosto que me pintaram tem os dentes afiados, é magro e parece uma raposa faminta. Pelo menos nisso eles não ficaram muito aquém da realidade. Sinto uma alegria ao ver meu nome impresso naquelas mesmas marquinhas pretas que o presidente, a data do dia, o estado de Massachusetts. As notícias aqui agora são bem mais interessantes do que nos outros dias. Homens e mulheres mortos com tiros na cabeça no México, uma mensagem transmitida por telégrafo magnético, um alerta aos marinheiros sobre ventos capazes de carregá-los até o inferno, não sei quantas dissoluções de sociedade. A leitura pode me consumir durante algum tempo, abrindo meus olhos de uma forma que eu preciso apesar da cela exígua. Uma garota com rabo estarrece um paroquiano da cidade. E então uma comprida coluna sobre os negros. Há meses não penso neles. Os velhos a bordo do navio só viviam se esgueirando para dentro e para fora de cômodos, mal fazendo ranger as tábuas de madeira do piso. E ali eles são discutidos em detalhe. Sua situação e sua marca, toda aquela mão de obra. Há justiça para alguns. Uma cor inteira de pessoas sendo libertada, e eu ainda apodrecendo aqui até ficar louco o suficiente para acreditar ser o assassino que dizem que sou, e mesmo depois. Embora Johnson tenha aparecido e me dito que fui mesmo eu. Não consigo acreditar nisso. Suponho que ele simplesmente não seja capaz de admitir ter agido sozinho. Vou propor isso a Foster. Johnson se matou, claro. Talvez não haja como refutar essa versão.

Volto para a cama com algum alívio e durmo apesar da coceira penetrante na porta dos fundos aberta da minha cabeça quebrada.

Não é fácil respirar sob o lúgubre céu violeta do fim de tarde. Essa cor espreita nas janelas e penetra minhas entranhas pelos globos oculares, e se mescla e revira o que deveria ser apenas uma reserva aquosa de lágrimas. Salem transforma minha tristeza numa cola espessa. É isso que me prendia a Johnson, estou pensando. Para alcançar esse céu roxo repleto de pássaros que partem em revoadas dos galhos pretos encolhidos do parque da cidade, e se lançam pela chapa plana de espaço que termina bem no peitoril da minha janela, eu já pensei mais de uma vez em como quebrar o vidro. Mas a janela tem grades, e quebrá-la serviria apenas para deixar entrar o vento e a neve e a chuva. Este cobertor aqui, o que Foster me deu, já me salvou em muitas noites de morrer congelado. Ou assim parece. A corrente de ar fria da prisão. Mesmo depois de alguns meses, pensar em beber primeiro me deixa com calor e irritado, depois com frio e tremendo. Isso tem acontecido. Se ao menos uma bebida aparecesse trazida por alguma de minhas agora raras aparições, seria bom. Ainda penso com frequência em bebida. Conheço como as engrenagens de um relógio todos os bares de Salem e todos os caminhos pelas estradas para chegar até eles e depois voltar para casa; mesmo cego eu conseguiria encontrar meu caminho e já encontrei. Se eu pudesse voar, seria bom. Chamo Johnson para que volte a aparecer. Ele não aparece. Talvez esteja cedo demais depois da sua última visita. Chamo alguém para vir, qualquer um. Tudo que aparece é uma estranha criatura encolhida no canto. Ela agita uma das mãos para mim como quem espanta uma mosca.

Quem será, penso?

Sou a sua consciência, ouço a criatura dizer com a minha própria voz.

Algumas noites mais tarde, a mão fresca de alguém na minha cabeça me desperta do sono. É Johnson. Ele trouxe um espelho, um caco de vidro afiado que tira do bolso. Uma pequena imagem do meu rosto surge no reflexo, meu hálito parecendo fumaça a escorrer frio dos lábios. Estou como morto. Johnson dessa vez parece sólido. Pousa o espelho ao meu lado na cama e cruza os braços. Sua altura me espanta: muito alto e forte, nada parecido com seus últimos dias na minha lembrança. De tantos lamentos, de tanta melancolia, ele encolheu até ficar do meu tamanho. Aquele ali é o velho Johnson retornado.

“Está melhor agora?”, pergunto. Ele não responde, apenas dá de ombros e olha para o corredor por entre as barras. “Acho que eu fui enganado”, digo. “O que está fazendo aqui?”

Estou acordado agora, ou então nada acordado. Meu pensamento clareou, minha visão tão iluminada que é como se alguém tivesse montado o cenário: o luar por entre as grades das janelas, a cortina negra da noite fechada diante do recinto atrás de Johnson agora ajoelhado ao meu lado, com o rosto mergulhado em meia-sombra. Ele torna a me mostrar a borda afiada do espelho quebrado, e com isso o ouço dizer sem palavras: "Você matou o homem errado".

É verdade, acho eu. Lamento não estar morto. Deve haver algo esquisito em mim. "Muitas vezes fiz ao contrário o que precisava ser feito." Tento rir. "São meus miolos podres, dr. Johnson. Veio aqui extraí-los e jogar a maçaroca no mar para os tubarões comerem?" Olhar para ele dói, de tão rígido que está. "Eu mesmo faço", digo, e ergo a mão por trás da cabeça para cutucar e cavoucar, e algum cabelo e sangue seco saem entre meus dedos.

"Preciso de uma faca", digo. Tateio debaixo do colchão à procura da que Foster me deu, mas ela não está ali. Johnson me passa o caco de espelho. O caco é real na minha mão quando o cravo e cutuco da melhor forma que sou capaz, enquanto Johnson se recosta nas paredes frias da prisão e fica olhando. A rachadura no meu crânio não é grande o suficiente para firmar o caco e abri-la mais, mas eu tento. A dor é boa. O sangue escorre pelo meu nariz na lã clara do cobertor. Sigo trabalhando, dedicado agora a ver o que há lá dentro. Mas meu braço não se dobra da forma necessária. Johnson está no canto agora, tapando os olhos com a manga da roupa. Eu o chamo para me ajudar a entrar dentro de mim mesmo. O guarda grunhe e ouço o tilintar de suas chaves quando ele caminha. Johnson se esconde em algum lugar. Enquanto isso, consegui algum progresso. Minhas mãos estão quentes e molhadas de sangue.

Na manhã seguinte quando acordo não estou na minha cela de prisão.

"O senhor morreu, McGlue", está dizendo Foster, parado acima dos meus pés usando um casaco com botões de ouro. Ou "O senhor não morreu", está dizendo ele. Uma luz amarela se irradia dos meus olhos, e eu começo a chorar.

"Está chorando?", pergunta-me.

"O quê?"

"O senhor fez uma coisa estúpida."

"Graças a Deus", digo. E não sei o que estou dizendo. Minhas mãos não tremem, e minha mente não está enegrecida pelo que quer que a tenha danificado tanto, mas não consigo dizer o quanto estou mudado. Viro-me para olhar para Foster. Luz e música o rodeiam. Há tanto que não me é revelado por meus olhos, e em vez disso uma canção, uma voz de mulher.

É minha mãe.

"Seu menino estúpido", diz ela, pousando uma sacola de pão. "Vieram me dizer que meu filho tinha se matado, e quando chego aqui está você. Consegue me ouvir? Disseram que você estava o quê, tentando tocar os próprios miolos. Que imundície."

É uma canção que ela já cantou, acho eu. Foster se afasta da janela. Meus olhos escurecem de apreensão. Minha mãe bate com o pão na mesa. Só que não é pão. Apenas um punho envolto num trapo marrom.

"Mãe, a sua mão?"

"Não foi inteligente, a audiência vai ser adiada", diz Foster.

Mãos de quem envoltas em ataduras de quem, estou sonhando com algo que já vi, ou que já fiz.

"Disseram que seus miolos estavam saindo. Só Deus sabe como não morreu."

"Só Deus saberia", diz minha mãe. Ela tira uma bala puxa-puxa de uma bolsa e a lança no ar. Onde irá aterrissar? Foster fica sentado esperando as ataduras serem removidas da minha cabeça. Quer me inspecionar.

"Assim que chegarmos à verdade teremos algo em que confiar. Por enquanto o senhor precisa ficar amarrado." Ele se senta e se levanta e encara minha mãe com um olhar comprido, desconfiado. Ela lhe oferece um pãozinho com manteiga. Há algo acontecendo.

"Sinto muito pelo meu filho", diz minha mãe.

O cômodo incha e zumbe com alguma coisa. Deus não me abandonou, estou pensando. E então penso: eu tenho Deus. Não tinha antes e agora tenho. Pretendo dizer isso a Foster mas ele se retirou do recinto. Não consigo mexer os braços nem as pernas. Devem estar amarrados. Não consigo levantar a cabeça. Não estou triste nem zangado. Tranquilizo-me com uma canção.

E então estou sozinho.

E então eles estão ali outra vez, abafando com sua conversa a voz dentro da minha cabeça.

"Tal isso e tal aquilo", dizem. Parecem um motor resfolegando. O longo apito de um navio no porto.

Se eu matei Johnson isso deve ter acontecido à noite, por engano, minha mão empunhando alguma faca vistosa de brincadeira e Johnson chegando por trás.

"A essa altura isso não significa mais nada, McGlue", diz Foster. Mas antes ele falou que a verdade significava tudo. "Ou irão considerá-lo louco e trancafiá-lo para sempre, ou então considerá-lo louco e libertá-lo para sua mãe como uma criancinha burra."

Minha mãe cerze uma meia e se lamenta. Viu sua casa desabar sobre o filho mais amado, está dizendo. Falo para Johnson e Foster: essa mãe não está na minha cabeça. Eu a vi com meus próprios olhos. Ela é uma vadia de coração ruim. Estão vendo-a agora? Está sentada aqui, cuspindo no meu túmulo.

Johnson diz: "Eu morri no início da manhã". Foster não consegue vê-lo. Talvez minha voz tenha dito isso, embora eu sinta um hálito no pescoço. Estou sentado numa cadeira de verdade agora. Foster, junto da porta, me observa. Minha mãe está lavando a louça. Meu irmão está escrevendo num livro e derrama a tinta.

"Não tem problema", diz minha mãe.

"Não tem problema."

"Estamos ricos", alguém diz.

"Ele lhe deixou uma fortuna."

"É verdade", fala Foster. "O suficiente para a história da sua vida."

Minha mãe está usando uma coroa de ouro e cospe no meu túmulo e chora.

"Se eu matei Johnson foi por sua própria culpa e descuido. Ele simplesmente caiu na minha direção. Nunca conseguiu segurar a bebida. Ele se jogou em cima da espada, como se diz."

Nós sempre tínhamos sido bons amigos, lembre. Ele salvou minha vida. Eu estava morrendo congelado em algum lugar, quase uma estátua de pedra com estalactites de gelo penduradas no nariz. Montado num cavalo ele surgiu e me prometeu o quê, eu esqueci, de novo.

"Boa viagem."

"Isso mesmo."

"Está bem", diz Foster.

"Durma agora." Eu durmo agora. Pela manhã, anjos cantam minha marcha fúnebre.

Pela manhã me lembro de tudo. E ali está Johnson no meu pescoço, os lábios macios e se contorcendo, quase no meu pescoço, dizendo: "E depois? O que aconteceu de manhã, quando chegamos lá, e eu fiz você parar, e o que eu falei".

Ele está se referindo ao dia em Stone Town quando morreu. Eu mal consigo pensar.

Uma enfermeira me traz um penico para mijar. O viado esfrega meu peito com um bálsamo. O sol é rapidamente apagado por uma tempestade do lado de fora da janela, e estou mais uma vez deitado de bruços no travesseiro recheado de feno, sentindo o navio se balançar, com a cabeça quente e as pontas dos dedos inchadas, Johnson entrando e saindo para verificar, e dizendo toda vez que sai: "Ele está doente, não o incomodem", depois de ter me deixado outra garrafa de rum.

Lá vem aquele viado pela última vez. Dessa vez sou um assassino e ele me olha esquisito. Minha vontade é dizer me dê um pouco disso, mas meu braço, que pretendo erguer para apontar com o dedo antes de o meu maxilar se abrir para falar, está amarrado. Quem é responsável por esse ato de sequestro, é minha vontade perguntar. Estou bêbado. As estrelas rodopiam lindamente lá fora. Johnson surge como um vapor, move-se depressa pelo cômodo e entra na cama comigo. "Johnson", digo. "Deixe de ser viado." Ele está coberto de sangue e tem os olhos escancarados de horror. É um cadáver. E lá fora o sol brilha, e a lua míngua e enche. À noite as estrelas rodopiam e cintilam, então partem à deriva. Foster me diz para olhar bem e dizer o que consigo ver. "Cachorro", "Trem", "Casa" é até onde consigo ir sem respostas erradas. "Minuto", "Sinceramente", "Vou lhe dizer", "Mas primeiro".

No navio, o viado entra na cama comigo.

"Eu te amo", diz. E estou sonhando. Umas poucas moedas de prata são enfiadas no meu bolso. Minha boca se move. Johnson me encontra na rua do lado de fora. Estamos em Zanzibar. Estamos em Nova York.

"Eu tenho uma fortuna", fala Johnson. Ele me entrega algumas moedas de prata. Entro na loja e compro uma garrafa.

"Uma garrafa por vez", diz o homem atrás do balcão.

Saio e torno a entrar. Ele me vende outra.

"Eu te amo", ele torna a dizer.

Nas docas, uma negrinha maltrapilha vende flores vermelhas. Compro uma e a ponho entre os cabelos atrás da orelha. Os homens me incentivam e faço uma dancinha. Minha mãe tapa os olhos.

"Estávamos na praça. Você me puxou de lado para um beco escuro. Foi no amanhecer. Disse que tinha decidido morrer. Você se lembra."

"Você ou eu?", indago. "Um de nós precisa morrer", diz um de nós.

A faca dele é bonita e ele diz: "Ande logo com isso". Minha faca de cordame está enferrujada e ele a vê e diz: "Ande logo".

Mas primeiro.

E todas as vezes que dissemos tê-lo amado, diziam sempre as canções.

"E eu te dei um beijo. E a faca entrou."

E nós nos beijamos ali mesmo, e talvez eu tenha morrido primeiro então. Mas na hora, em vez de lábios, o que encontra minha boca é um punho fechado, e por isso me sinto grato. Johnson torna a falar, "Adeus", e esfrego na sua minha boca ensanguentada.

Tremendo debaixo do sol e das nuvens, parecendo uma espécie de glória, a mente áspera, coberto de suor e furioso, olho para o rosto dele no chão, para os lustrosos cabelos pretos banhados de sol, ouço aquilo outra vez, dou-lhe mais um beijo, e torno a erguer a faca.

Agradecimentos

A autora deseja agradecer a
Susan Collyer, Brian Evenson,
Rivka Galchen, Rebecca Wolff,
Bill Clegg e Jean Stein.

Trechos de *Ressaca* foram publicados na *LIT* e na *Electric Literature*.

McGlue © Ottessa Moshfegh, 2014
Publicado originalmente por Fence Books. Direitos de tradução mediante acordo com MB Agencia Literaria S. L. e The Clegg Agency, Inc., Estados Unidos. Todos os direitos reservados.

Todos os direitos desta edição reservados à Todavia.

Grafia atualizada segundo o Acordo Ortográfico da Língua Portuguesa de 1990, que entrou em vigor no Brasil em 2009.

capa e ilustração de capa
Veridiana Scarpelli
composição
Lívia Takemura
preparação
Érika Nogueira Vieira
revisão
Jane Pessoa
Karina Okamoto

Dados Internacionais de Catalogação na Publicação (CIP)

Moshfegh, Ottessa (1981-)
Ressaca / Ottessa Moshfegh ; tradução Fernanda Abreu. — 1. ed. — São Paulo : Todavia, 2025.
Título original: McGlue
ISBN 978-65-5692-831-9

1. Literatura norte-americana. 2. Romance. 3. Ficção contemporânea. I. Abreu, Fernanda. II. Título.

CDD 813

Índice para catálogo sistemático:
1. Literatura norte-americana : Romance 813

Bruna Heller — Bibliotecária — CRB 10/2348

todavia
Rua Fidalga, 826
05432.000 São Paulo SP
T. 55 11 3094 0500
www.todavialivros.com.br

fonte
Register*
papel
Pólen bold 90 g/m²
impressão
Geográfica